U0081189

爆肝工程師的異世界狂想曲

13

愛七ひろ

Death Marching to the Parallel World Rhapsody

Presented by Hiro Ainana

Kadokawa Fantastic Novels

插畫／shri

C O N T E N T S

Death Marching to the Parallel World Rhapsody 13

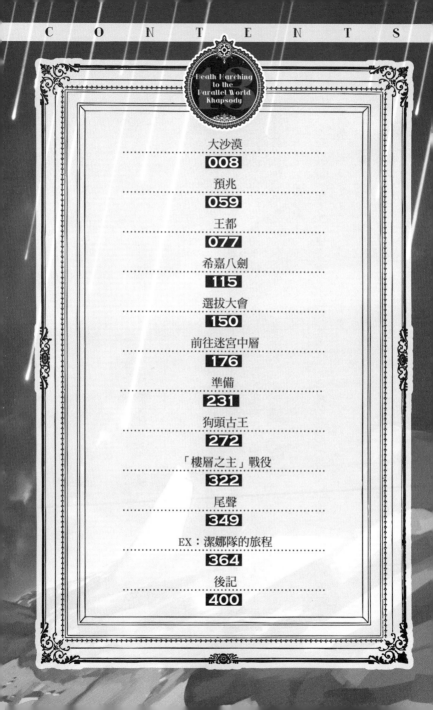

大沙漠

「我是佐藤。說到沙漠就想到一千零一夜，有魔毯，有神燈精靈，騎著駱駝旅行，捲到沙塵暴的另一頭是海市蜃樓……真浪漫啊。」

「一個，兩個，三個……這一群才十個魔巨人，也太瞧不起我了吧。」

亞里沙把一頭紫色秀髮往後撥，雙手舉起綠寶石綠杖——由世界樹晶枝所製造的法杖。

法杖前端指著在豔陽下搖曳蒸騰的沙丘，沙丘那頭正有十個六公尺級的魔巨人，正捲著沙塵往這裡衝過來。

「——空間消滅。」

亞里沙說完不久，就發動了上級空間魔法，法杖前端產生一道扭曲，與眼前的魔巨人縱隊重疊。

法術發出咕咕嘎嘎的吸引聲，魔巨人們身體的一部分就消失了。

——ＭＶＡ。

——MWA。

——MOWA。

身體毀損的魔巨人發出慘叫，逐漸崩解。

我用「石製結構物」與「地隨從製作」的土魔法製造了石魔巨人，每一隻都有三十級左右，結果像是紙糊的一樣兩三下就被擺平了。

現在的亞里沙，應該能夠放無雙單挑一個城市的軍隊。

「呵呵呵，小事一樁。」

亞里沙輕輕揮舞綠寶石綠杖，驕傲地抬起頭。

這位美麗小女孩身穿魔法少女一般的可愛服裝，可惜個性有點遺憾，直逼故事的綠葉角色。

「小事一樁喲！」

「亞里沙好厲害哦～？」

一頭白短髮，長著貓耳貓尾巴的貓耳族小玉，以及棕色鮑伯頭，長著狗耳狗尾巴的波奇，一同跑到亞里沙身邊。

今天在迷宮都市西邊的大沙漠實驗新裝備，所以這兩人也穿了新裝備，是全身鎧甲「丸鎧」。

之前試做的版本是藍銀色，我將裝甲的合金成分調整過，用了更多的奧利哈鋼，結果變成金光閃閃的搶眼鎧甲。鎧甲內面用了大怪魚的銀皮纖維，具有很強的衝擊抗性。

這鎧甲有點太搶眼，所以回到迷宮都市的時候讓她們換上試做版本丸鎧，還披著樸素的欺瞞裝甲。

另外今天並沒有打算進行接近戰，所以不必戴頭盔縮減視野。

「亞里沙，危險喔。」

「呼嘿？——喔哇！」

亞里沙的攻擊魔法餘震產生了沙嘯，一股腦把她自己吞沒了。

看來她沒有展開空間魔法護牆。

我伸出常駐發動的魔法念動力「理力之手」，從沙堆裡救出亞里沙。

小玉跟波奇則是迅速躲到娜娜背後去了。

「呸呸，嘴裡沙沙的……謝謝主人。」

我在身邊放下一身是沙的亞里沙，用生活魔法把她清理乾淨。

稍微檢查一下，亞里沙的魔法少女風格小禮服裝甲沒有異狀，這套小禮服裝甲的金屬部分材料也改為奧利哈鋼，所以變得跟波奇她們一樣搶眼。

「亞里沙，有沒有受傷？」

橙鱗族的莉薩留紅髮紮馬尾，跪在亞里沙面前貼心地問。

橙鱗族的特徵就是脖子和手背上長著橘色的鱗片還有尾巴，目前都藏在鎧甲裡看不見。

嗯，能夠藏住尾巴的金屬鎧甲可真不好辦，我用了柔軟的奧利哈鋼纖維和大怪魚的銀皮纖維織成布料，巧妙縫合擋住鎧甲縫隙才成功。

「沒事沒事，一時粗心而已。」

亞里沙對著擔心的莉薩咧嘴一笑。

「主人，新裝備的堡壘功能以及空間魔法式浮游盾的動作確認已經完成，我這麼報告道。」

外表接近高中年紀人族的魔造人娜娜，面無表情、口氣平淡地報告。

新裝備的防禦屏障完美地擋住了沙嘯，娜娜一頭金色長髮紋風不動。

她的新裝備加裝了堡壘功能，用途是要承受類似「區域之主」的超大型魔物衝撞。

這是運用了空間魔法「次元樁」與「隔絕壁」的理論，展開高十公尺、寬十五公尺的透明防禦屏障，使用者不需要強壯的肌肉，就能承受巨大質量。

不過展開之後就無法移動，所以要選擇施展的時機與狀況。

為了提升防禦屏障的強度，魔法線條交錯重疊就像一道石牆，再加上上述的性質，我就取名為堡壘——堡壘防禦。

這本來是用於保衛據點的高耗能魔法迴路，所以要跟舊裝備護傘一樣，透過魔力爐與聖樹石機關來供應魔力。

「主人，摺疊式的護傘也沒有問題。」

露露在前面展開陽傘風格的防衛屏障，向我報告。

耀眼的黑長直在陽光下閃閃發亮，襯托出露露的天仙美貌。

這美貌不輸莊嚴威武的金色系女僕武裝。

「展開速度跟聖樹石迴路的連接也沒問題，摺疊機關怎麼樣？」

「是，沒有問題。」

在陽傘延長線上展開的透明防禦屏障被摺疊起來，吸進陽傘裡消失無蹤。

嗯，女僕果然就是要配陽傘。

亞里沙跟蜜雅好像也想要，之後來量產吧。

「佐藤。」

蜜雅從旁邊抱了上來。

低頭一看，綁成雙馬尾的藍綠色髮絲之間，露出精靈特有的耳朵，前端有點尖。

她的裝備跟亞里沙一樣是金色系，不過亞里沙的裝飾部分是紅色，蜜雅的是藍色。

「可以嗎？」

「精靈召喚的實驗啊？」

「對。」

我猜懂不太說話的蜜雅想問什麼，就答應了。

蜜雅舉起新的精靈召喚用屬性杖，開始詠唱精靈魔法。

目前她用的屬性杖，是以世界樹枝與土晶珠所製作而成，每用一次就要消耗土晶珠，但是能大大節約魔力消耗。

「……■■■■■■　沙精靈創造。」

蜜雅的咒語唸完之後，她腳下的沙就隆起形成一個「流沙巨人」。

流沙巨人大概四十級，對物理攻擊（尤其是砍劈或突刺）具有很高的抗性，就跟娜娜的堡壘一樣，適合坦住超大型魔物。

「需要魔力減少。」

我想蜜雅想說的是，現在使出創造沙精靈所消耗的魔力，比她在波爾艾南森林使出這招的時候要低。

「是因為在沙漠使用的關係嗎？」

亞里沙根據蜜雅的報告說出推論。

「還是因為有屬性杖的幫忙？」

「嗯，相乘。」

「哦——那就帶點沙，準備對付大型對手好了？」

「麻煩了。」

亞里沙建議，蜜雅點頭。

「好！『萬納庫』！」

亞里沙不需要詠唱咒語就開啟空間魔法「萬納庫」，在沙漠上顯現白色平面。

這個魔法可以創造出自己專屬的亞空間，亞里沙使用的話大概可以創造出一座老民宅那麼大的面積。開關入口的時候要消耗魔力，但是這個技能跟「道具箱」不一樣，物品進出並不需要消耗魔力，還可以收藏生物或魔巨人。

「蜜雅，吩咐沙巨人把沙子裝進萬納庫吧。」

「姆，『流沙巨人』。」

蜜雅糾正亞里沙的口誤，然後指示沙巨人將沙灌進萬納庫。

我等等也來拿點備用的沙吧。

「接下來，就試試露露的加速砲吧。」

我指著走到沙丘後方的魔巨人，然後吩咐露露。

那個魔巨人就是彈靶。

「是，是的！」

露露從妖精背包裡拿出具有生物線條的黑色巨槍——不對，是支小砲。

這砲的砲身，是用黑龍赫伊隆給露露的尖刺所打造，把手和小零件也是用黑龍赫伊隆的鱗片所製造，可說是黑龍一片。

砲身有長槍那麼長，用一般步槍的拿法撐不住，所以要掛在腰間，用魔法固定後發射。

亞里沙說希望能像五星物語什麼的，做成摺疊砲身，但是這會降低強度，被我駁回。

「用普通的砲彈試試吧。」

我這麼說，給露露一發鋼鐵製的穿甲彈。

露露從女僕武裝裡掏出纜線，接上加速砲後面的接頭。

「對魔力筒填充魔力——『充能』。」

——嗶啵。

露露一聲令下，加速砲發出電子音效，裝在加速砲後方的魔力筒從砲身延展出來。女僕武裝的亞空間中設置有聖樹石爐，透過纜線快速往魔力筒中填充魔力。

魔力筒有三十二個刻度，刻度數量代表砲擊威力。

「看來應該在開戰之前先充能魔力喔。」

「是，是的。」

魔力筒開始發出藍光。

「展開虛擬砲身——『散開』。」

——嗶嗶叭。

加速砲前方展開了大約二十公尺長的理力砲身。

露露看著瞄準鏡，對準站在遠方的魔巨人。

「瞄準完成，砲身固定用次元樁——『固定』。」

看不見的次元樁，將又長又重的加速砲砲身固定在空中。

看來在展開虛擬砲身之前，還是用次元樁先固定砲身比較好。我把程序的變更寫在交流欄的筆記本裡面。

「加速魔法陣，發動——『加速』。」

——叮。

魔力筒三個刻度的魔力填充到加速砲之中，砲身周圍出現三個魔法陣。

「開火。」

露露扣下加速砲的扳機。

一聲巨響，砲彈從砲身發射出去之後，拖著紅色軌跡命中目標，目標粉碎。

「和至今的實彈槍威力差很多呢。」

「因為三個加速魔法陣就能加速到亞音速嘛。」

之前在探索家公會接下委託案，獲得了「加速門」魔法，運用起來就成了加速砲。

由於加速門需要距離替砲彈加速，而且急遽加速會燒毀砲身，所以需要拋棄式的虛擬砲身。

裝有五連發魔砲的浮游砲台即將完成，但是考慮所需的魔力量以及威力，才優先研發這挺加速砲。

「亞音速啊——乾脆超越磁軌砲不就好了？」

冷知識小姐亞里沙照常說些沒頭沒腦的東西。

「磁軌砲，速度是多快啊？」

「聽說有馬赫二十吧。」

這可真亂來啊。

「沒辦法加速到現在的二十倍啦。」

我對亞里沙這麼說，然後檢查露露的加速砲。

多虧了虛擬砲身，實際砲身只有感覺溫溫的，各部位也沒有扭曲變形。

「露露，有後座力嗎？」

「完全沒有，跟之前的實彈槍差多了。」

後座力沒問題啊……看來超越磁軌砲指日可待。

不過我要自己先確認就是了。

「但是把砲身架在腰間擊發，不太容易瞄準。而且我覺得容易受到風向影響。」

「瞄準就讓我來檢討吧。然後加刻膛線，軌道應該會比較穩定，是吧？」

這次為了實現亞音速的強力加速，選擇了沒有膛線（砲膛中的螺旋狀刻線）的滑膛砲。

如果要提升加速度和命中率，虛擬砲身應該要加上膛線吧？

這麼一來，實際砲身也就不會燒毀了。

「對了，主人，這個嗶嗶啵啵的電子音效能不能想個辦法？」

「聽起來很清楚吧？」

「感覺聽了會沒勁啊。」

是這樣的嗎？

我看看露露，她猶豫地微微點頭。

「那就試試能不能播放人聲吧。」

「配音的台詞監修就交給亞里沙妹妹吧！」

還不知道行不行呢，急性子的人。

如果能播放人聲，或許能製作什麼詠唱咒語的道具吧。

「主人，想要測試新理術『自在劍』，我這麼報告道。」

娜娜這麼說，就用理術創造出透明的劍。

這是修改術理魔法「自在盾」的編碼而成的魔法，創造出來的不是盾而是劍。

這招用來架開攻擊，或者排除靠近的雜兵，所以對強敵沒有幫助。威力大概等同於我製造的鐵劍，但是沿用了盾的編碼，所以很堅固。

「我來召喚魔巨人，跟它對打看看吧。」

「了解，我這麼報告道。」

我看著娜娜用「自在劍」跟魔巨人交戰，思考問題。

「太單調了。」

「而且透明的劍，感覺不太好對戰。」

亞里沙跟莉薩說出感想。

「既然是輔助魔法，這樣差不多吧？」

半自動型的魔法對施術者的負擔較低，缺點就是動作太機械化，容易被看出劍的軌跡。

不過這是有得有失，我認為目前的狀況比較平衡。

「腳踏實地強化起來嘍。」

「討伐『樓層之主』是很辛苦的，我希望大家能盡量裝備更好的武裝。」

亞里沙心滿意足，我同意，然後看看夥伴們。

大家比一個多月前第一次挑戰「區域之主」的時候強大了不少。

在波爾艾南森林裡，與精靈師父們再次修行，學習新必殺技，強化合作技巧，而且我也請求精靈技師們的協助，不斷研發新裝備。

為了幫助薩里貢等人，順勢打敗了「區域之主」，等級順利提升，後來一路討伐二十隻以上的「區域之主」，等級提升到四十七級。目前包含我打倒的份在內，已經掃蕩一半以上的迷宮上層區域了。

或許差不多該把獵場改到迷宮中層了。

迷宮都市的私立養護院和善心供餐，目前除了資金之外基本上已經不歸我管，我才能專心栽培夥伴並攻略迷宮。

我也開始協助有心成為探索家的孩子們，這部分交給我聘來的人負責，我個人幾乎沒有負擔。

手上還有很多買來的土地與建築，我打算開設探索家學校，這就還沒動手了。

因為我應該先準備好獵場，給學生們實習用。

◆

「——這樣就確認完成了。亞里沙跟蜜雅要各記住五種咒語，可以嗎？」

「ＯＫ啦——」

「嗯，會加油。」

對研發新裝備大有貢獻的試作裝置，只能轉印長方體的魔法迴路，不適合製造需要耐用度的魔法道具，例如盔甲或武器。

因此試作裝置就是錯中學，最後還是老樣子，需要亞里沙和蜜雅兩人的魔法才能完成。

「飛翔鞋？還有做這種東西喔！」

看我拿出飛翔鞋，亞里沙瞪大眼睛。

「沒有啦，這是回收的舊東西，我是為了測試這塊浮游板，怕摔下來有危險，才想穿著保險。」

我接著拿出衝浪板大小的魔法道具，擺在飛翔鞋旁邊。

浮游板跟浮游盾都是用術理魔法「自走板」製造的魔法道具，灌入魔力就會浮在空中。

我試著灌入魔力讓板子飄浮，大家就興沖沖地往這邊看。

「唔哇哇～？」

「會飛上天喲？」

「也還好，就到腰這麼高而已。」

原本的術理魔法，原理上消耗的魔力與飄浮高度形成指數關係，所以頂多只能飛這麼高。

但是浮游板不像飛翔鞋要用稀有材料來製造，所以跟鑄造魔劍一樣可以量產。

不知道能不能推廣，至少在搬東西、坐馬車的時候可以消除振動。

是說，我好像已經用在一些看不見的地方了。

「好玩嗎～？」

「要坐坐看嗎？」

「要！」

我讓小玉坐上浮游板，其他人也聚過來了。

「波奇也想坐喲。」

「主人，希望一起坐，我這麼報告道。」

機會難得，在我的輔助下，所有人一起坐著浮游板體會，然後交給想玩的人輪流去玩。

我趁機拿出下一個魔法裝置，設置在沙丘上。

「這次是什麼？」

「在製造露露的加速砲之前，我做了這個試作品來確認魔法迴路。」

「我還以為是奇形怪狀的門呢。」

魔法的來源是加速門，所以我試著做了六角形的框架。

「拿顆石頭往門丟過去看看。」

「唔哇，好好玩喔！」

亞里沙丟出去的石頭，一穿過加速門就突然加速飛走。

「能用來做彈射器嗎？」

「佐藤出動——這樣的嗎？」

「對對！就那個！」

我模仿經典機器人動畫的台詞，亞里沙不斷點頭，心有靈犀很開心的樣子。

我稍微助跑穿過加速門。

感覺自己的身體被整個往前扯，一口氣加速到時速六十公里左右。

「主人，聽亞里沙說這是高速部屬戰場用的魔法裝置，請務必讓我幫忙實驗。」

看來亞里沙是對正經的莉薩亂開玩笑。

亞里沙躲在露露後面，作勢道歉，看來她沒想過莉薩會當真吧。

「那就麻煩妳幫忙嘍。」

我這麼說，莉薩無比認真地點頭。

我跟莉薩一起做實驗，波奇、小玉、娜娜也依序參加，三名後衛也加入擔任測量員。

「出發～」

小玉抱著浮游板穿過三道加速門，以亞音速彈射出去。

一道加速門就已經夠快了，實驗想了解能夠使用幾道，發現等級四十七，具有超人肉體的夥伴們，在施加身體強化之後可以承受三道強化門的速度。

不過以肉身超音速還是太危險，所以我下令禁止。

其實亞音速當然也很危險，所以所有人都穿戴頭盔與鎧甲當作護具。

咚的一聲，小玉搭的浮游板撞到沙丘停了下來。

「亞里沙～有幾公尺～？」

「等一下，一一〇九公尺啦。」

「哇～新紀錄嗎～？」

「對啊，恭喜喔。」

小玉大喊，亞里沙拿著擴音器回報測量器的數值。

「不愧是小玉，波奇也不能輸喲！」

波奇鬥志十足，轉動肩膀暖身，用力地衝進加速門。

輕輕「噗咻」一聲，波奇就被彈射出去。

「——啊。」

波奇在空中失去平衡，像支錐子一頭栽進沙丘裡面。

撞擊前一刻，波奇身上丸鎧裝配的緊急球型防禦屏障發揮作用，應該沒有受傷才對。

證據就是波奇掏挖沙子爬了出來。

「呸呸，失敗了喲。」

波奇抖動身體甩掉沙子。

「波奇九五〇公尺，安慰獎。」

「遺憾喲。」

「波奇，別擔心～」

「下次不會輸喲！」

波奇擺出咻比姿勢，再次挑戰小玉。

兩人飛完之後換莉薩跟娜娜來彈射，不過兩人的體重都比小玉或波奇重，大概七百公尺左右就落地了。

「唔哇～喲～」

再次彈射的波奇，又像支錐子摔進沙丘裡。

但是表情看來非常開心，看來肯定是故意失去平衡變錐子的。

「主人～？」

小玉擺出助跑姿勢，抬頭看我，眼神發亮。

肯定是想學波奇，像支錐子一樣螺旋飛行。

「要學波奇是沒關係，但是旋轉的時候會咬到舌頭，要小心喔。」

「系～」

小玉笑顏逐開，鬥志十足地擺出咻比的姿勢。

小玉助跑衝進加速門，看得出飛行途中故意失去平衡。

只見小玉笑著撞進沙丘，應該真的很開心。

小玉的撞擊角度可能比波奇要小，所以整個穿過沙丘，從另一頭衝出來在地上翻滾。

小玉抖掉身上的沙子，看到擔心趕來的波奇，兩人放聲大笑。

「哪哈哈哈哈。」

「啊哈哈哈哈，喲。」

笑聲可真是開心。

「好啦，我也來幹自己的活吧——」

從儲倉裡拿出兩本卷軸「操沙」和「海市蜃樓」。

前者是在探索家公會接下收集委託時所收集而來。

「首先從好懂的『操沙』開始試試吧。」

我發現使用卷軸，可以自由操作大約一杯子份量的沙。

接著從魔法欄使用「操沙」。

看來可以操作相當大範圍的沙。

「唔哇。」

「姆。」

看我操作沙子，亞里莎和蜜雅發出驚呼。

一開始就注意我這邊的露露，忍著只有目瞪口呆而已。

「不好意思啊。」

我向三人道歉，繼續試著用沙子做出牆壁或雕像等物件。

製造沙牆的話，頂多只能做出「土牆」咒語的一半大小，而且雕像也需要集中精神才能保持形體。

其他人似乎對沙雕有興趣，紛紛聚了過來。

「普普通通啦。」

「是啊，能做到這些事情，不知道有沒有實用性。」

我讓大家看看用沙作的劍，然後變形成鞭子，又變成斧頭或長槍之類的。

「哎哎，可以做成高頻振動刀之類的東西嗎？」

亞里沙又說了有趣的事情。

試著做了一下，沒辦法做出高頻振動刀，但是讓外圍的沙粒振動，變得像鏈鋸一樣了。

「好厲害啊，應該稱呼它沙鏈鋸吧？」

「嗯，水版本。」

亞里沙為「操沙」的招數命名，蜜雅似乎想要水魔法版本的水鏈鋸，我答應她之後做出來。

我大概懂了「操沙」的魔法特性，所以接著實驗「海市蜃樓」。

「天上有城市～？」

「是浮在空中。」

「主人，不會有女生從天而降，我這麼報告道。」

看來亞里沙渲染過頭，娜娜搬出經典動畫哏來。

蜜雅用精靈魔法放出信鴿，亞里沙又假裝演奏小喇叭，模仿經典場景在玩，我當作沒看見，繼續做實驗。

「盡量把規模做大看看好了？」

從魔法欄執行「海市蜃樓」，發現城市影像質感提升，規模也變大了。

哎呀？魔力消耗異常快啊。

「哎，主人——」

亞里沙拉拉我的袖子。

「——那個海市蜃樓是不是實體化了？」

「真的呢。」

我想海市蜃樓有實體挺矛盾的。

「我去看看。」

我用天驅靠近飛在天上的海市蜃樓。

一般海市蜃樓怎麼追都追不到，但是眼前這個我就順利闖進去了。

『怎麼樣？』

愛操心的亞里沙使用空間魔法「遠話」來問我。

「有很多天方夜譚風格的建築物，而且碰得到，水溝裡好像還有水在流呢。」

打開地圖一看，跟影魔法的「影之牢獄」一樣，顯示「沒有地圖的地區」。

我用天驅飛到海市蜃樓的城市上方逛了一輪，確認城市裡空無一人。

看看幾座民宅與正中央的宮殿，完全沒有任何家具或日用品。

看看紀錄，又多了幾個稱號。

＞獲得稱號「樓閣之主」。

＞獲得稱號「海市蜃樓城市之主」。

＞獲得稱號「幻王」。

＞獲得稱號「異界之主」。

＞獲得稱號「異界之王」。

還是一堆莫名其妙的稱號。

『但是卷軸屬於中級魔法吧？所以這不是光魔法，而是一種空間魔法？』

亞里沙說得沒錯。

我選擇魔法欄的「海市蜃樓」，把詳細資訊顯示在介面上。

「上級——」

『什麼？』

「——看來這個『海市蜃樓』應該是上級的混合魔法。」

而且還混合了光魔法、影魔法、空間魔法三種類。

難怪魔力消耗這麼大。

『上級？不是說卷軸最多只能使出中級魔法嗎？』

亞里沙說得沒錯，跟我熟識的西門子爵卷軸工坊不可能做出混合三種上級魔法的卷軸。

「或許因為是產自迷宮的吧。」

這個「海市蜃樓」卷軸出自沙塵迷宮，迷宮已經不存在，但或許還留有其他卷軸。除了探索家公會之外，我再拜託商人公會，從其他領地或鄰國收集看看好了。

「——哎呀？」

剛才發現海市蜃樓城市裡面，好像有小朋友的人影。

那人影的頭頂有點紫色的東西，我還以為亞里沙用空間魔法跑來了，但是她還在原地。

雷達跟地圖都沒有顯示資訊，可能是我看錯了。

『怎麼了？』

「沒有，沒事。」

這個大沙漠異常刺眼又炎熱，或許是我眼花了。

「好啦——」

後來我又拿魔巨人做實驗，發現只要製造出海市蜃樓，就能維持住。

不過每維持一分鐘，就要消耗將近一百點的魔力，除了每分鐘能恢復一百八十點魔力的我之外，一個人是不可能維持這個魔法了。

就算從海市蜃樓內側，也只有施術者能夠開關入口，感覺可以當牢獄來用。

不過使用亞里沙的空間魔法，也可以從海市蜃樓裡面跑出來，所以是不可能封印魔族或具有轉移能力的敵人了。

一般來說或許能當大容量的倉庫來用，但是我已經有無限容量的儲倉了。

比較適當的用途，大概就是臨時的難民收容所，或者盜賊的拘留所吧？

◆

「蝴蝶～？」

新魔法與新裝備的實驗結束之後，我從儲倉裡拿出小型飛空艇遮太陽，大家稍作休息。

小玉突然發現紅通通的蝴蝶。

「沙漠裡有蝴蝶？」

「好像是透明的。」

亞里沙跟莉薩歪頭不懂。

「可以碰嗎～？」

「啊！跑掉了喲。」

小玉想去抓，但是從手裡溜走了。AR顯示這是一種無害的亡靈，叫做幽沙蝶。

看著看著，它就分裂成兩三隻了。

小玉跟波奇分頭追著不同的幽沙蝶。

不斷逃跑的幽沙蝶可能刺激了波奇的狩獵本性，她像野獸一樣四腳著地，搖晃屁股鎖定目標。

「衝了喲！」

撲向幽沙蝶的波奇突然從眼前消失了。

「——波奇！」

看來波奇掉進流沙裡了。

我用縮地瞬間移動到波奇消失的位置，跟著波奇跳進流沙裡。

雷達有顯示波奇的光點，但是我沒能用「理力之手」抓住波奇。

——魔力鎧。

我用魔力包覆身體表面，避免沙子進入眼睛和鼻子，在流沙裡鑽找波奇。

陰暗的流沙很快就穿透，我來到一個大空間裡。

從魔法欄發動術理魔法「魔燈」，照亮周圍。

這是個大空洞，頭頂不斷有沙子掉下來，底部有沙子流動，我在流動的沙子之中發現要找的波奇。

「波奇！」

我抱起暈倒的波奇，確認身體有無異狀。

「妞哇～？」

接著小玉咚一聲掉了下來。

看來小玉是跟著我衝進流沙裡了。

我用空間魔法「遠話」聯絡亞里沙。

『太好了，莉薩不聽話，硬是要跳進流沙裡，我正在傷腦筋呢。那裡沒事吧？』

「沒事，我馬上回去，等等啊。」

『了解——』

根據我看的地表地圖，應該是莉薩硬要跟著跳進流沙裡，被娜娜制住了。

「波奇～？」

「嗚妞～小玉？」

看來波奇醒了。

「啊！是主人喲！」

波奇彈了起來。

「有沒有哪裡會痛還是不舒服的？」

「波奇沒事喲。」

聽了波奇的回答就鬆口氣。

「好啦，回去吧——」

說到一半，發現小玉突然豎起耳朵，看著空洞裡面。

「怎麼了嗎？」

「有東西嗎？」

「感覺，怪怪的喔～？」

小玉這種樣子，通常代表有問題。

我往相同方向看去，眼前出現ＡＲ顯示「結界：都市核／自閉模式」。

應該是看不到的結界，看看地圖，結界那頭有個空白地帶，應該是別的地圖。

「要不要去探個險啊？」

「系～」

「好喲。」

我帶著兩個人前往結界。

伸手去摸結界，感覺有點空氣牆的感覺。

跟之前的結界一樣，我可以輕鬆通過。

我從魔法欄選擇「全地圖探查」，收集這個空白地帶的資訊。

大房間裡面有隱藏門，門外是螺旋階梯，走下去到最底端，好像有個房間。

那應該是都市核房間了。

「奧取。」

「咕嘿，喲。」

後面傳來可愛的哀號。

看來小玉跟波奇是撞上結界了。

就好像之前造訪巨人鄉碰到「山樹結界牆」那樣。

「沒事吧？」

「沒事啦～」

「這點小事沒問題喲。」

兩人搓搓鼻子，我拉著她們的手，就順利進入結界了。

打開隱藏門，帶著小玉跟波奇走下螺旋階梯。

以防萬一，我吩咐地面上的亞里沙等人搭乘小型飛空艇在空中待命。

「閃亮亮～」

「好漂亮的地方喲。」

螺旋階梯走到底的房間，是個半徑約五十公尺的圓頂房間，中央有個小高台，飄浮著發出藍白光的物體，像是正二十面體的水晶。

跟之前在穆諾城地底看到的都市核一模一樣。

ＡＲ顯示這是「都市核：費提利亞斯」。

通往都市核的通道，是平緩又少階的階梯，通道之外的地方是發藍光的石砌水道，但是水好像都乾了。

都市核的光線緩緩地明滅，而且非常微弱。

就算走樓梯來到都市核飄浮的最高點，也沒有都市核的反應。

穆諾城的都市核還會主動找我說話呢——話說觀察結界的時候，ＡＲ顯示了「結界：都市核／自閉模式」對吧。

「妳們等等啊。」

「系！」

「是喲。」

我要小玉跟波奇等著，自己前往都市核旁邊。

走到這麼近都沒有反應，我鐵了心伸手去摸看看。保險起見，我將名字暫時刪成空白。

『——●●。』

一摸到都市核，它就發出不知道是男是女，帶著迴響的聲音。

V獲得「孚魯帝國語」技能。

原來剛才說的是孚魯帝國的語言啊。

我把技能點分配下去，啟用「孚魯帝國語」技能。

都市核一時沒有反應，然後光線突然變亮一些，又發出剛才的聲音。

『支配上級領域的王啊，歡迎。要將此地登記為衛星都市嗎？』

之前也聽過這句話。

看來這是都市核的預設對話。

『我不想登記。』

我老實回答，結果都市核光線轉弱，感覺頗失望。

『王啊，請夷平此地。』

『為什麼？』

『必須有王的批准，才可解除自閉模式。』

『——現在應該也沒自閉了吧？』

『自閉模式，代表切斷與地脈網路的連線。』

原來如此，自閉模式就是與世隔絕的意思。

『保持自閉會有什麼不方便嗎？』

『沒有連結地脈網路，源泉會封閉，所以在七二自轉周期當時儲存的魔力將會枯竭。一旦魔力枯竭，都市核單元就會自行毀滅。』

都市核無力地閃爍。

亞里沙說過，她沒聽說孚魯帝國時代之後還有建立新的都市核，要是寶貴的都市核因為魔力枯竭而消滅就太浪費了。

『了解，那就登記衛星都市吧。』

『遵命——』

有光線聚集在我頭頂，形成一頂藍色結晶王冠。

同時也透過都市核，感覺到此地的源泉與外界地脈結合。

或許是被棄置太久，連結的時候阻力很強。

感覺真是奇妙。

「還好嗎～？」

「變亮了。」

小玉跟波奇看到都市核的變化，開心大喊。

她們聽不懂孚魯帝國話，但應該是擔心即將消失的都市核。

『是否登記其他輔助管理員？』

都市核發出明亮藍光，神采奕奕地閃爍，這樣問我。

『什麼是輔助管理員？』

我問都市核細節，核心說輔助管理員就是有爵位的貴族。

『當輔助管理員有什麼好處？』

『輔助管理員可獲得終端機，終端機之間可以通訊，並可按照權限等級使用都市核的力量。』

終端機之間的通訊？

『通訊距離大概是多遠？』

『都市內部與周圍，如果發訊端在都市核附近，可向領地之內發送通訊。』

範圍不是很大。

而且消耗的魔力比空間魔法的「遠話」多出太多。

或許這是使用術理魔法的「訊號」吧。

我想起那群玩無線電的朋友，但若是為了玩，拿我試作的通訊用魔法道具還比較合理。

我試著問核心能不能指定小玉或波奇當輔助管理員，核心拒絕，說奴隸沒有資格。

『是否強制解除奴隸契約？』

『辦得到嗎？』

『辦得到，是否執行？』

『就不用了。』

要是隨便解除奴隸契約，獸人女孩們可能會哭著說：「不要拋棄我們！」所以確認過就好。

我也問了都市核的力量能不能解除「強制」，可惜核心秒答不行。

『——成功重新連結隔離空間庫，以下顯示庫存內容清單。』

都市核前方顯示出半透明的薄板，後方出現一道黃金色大門。

「妞！」

「門出現了喲！」

「似乎是叫做隔離空間庫的倉庫呢。」

看看清單，裡面很多有意思的東西，我就帶著兩人進去參觀。

「這幅畫好棒～」

「這邊的木馬也很帥喲。」

小玉站在畫前面發愣，我就跟波奇一起盤點寶物。

除了多到滿出來的大量金銀珠寶，竟然還保存了少量的蒼幣。

另外還有美術品、工藝品，以及透明斗篷、飛翔木馬、飛翔鞋等魔法道具，還有使用蒼幣的魔法裝置等等。

可惜沒有任何武器之類。

書架上有大量書籍，大多是城市化為沙漠之前的行政資料，至於我想找的魔法書或魔法裝置設計書，數量非常少。

『這裡的寶物可以拿走嗎？』

『當然，所有權屬於現任領主，也就是王。』

核心批准，所以我將寶物全收到儲倉裡去。

就只有小玉喜歡的那幅畫，收在她的妖精背包裡。

『王啊，請求批准確認現狀。』

孚魯帝國時代的都市核會發出被動訊號波，但是核心沒有接收到訊號，所以問我能不能發出主動訊號波。

這樣當然可能被潛在的敵對勢力給發現。

『會不會是其他都市核也處於自閉模式？』

『很有這種可能。』

那就算冒險發送主動訊號，對方也收不到吧。

『知道原本的地點嗎？如果知道，我直接過去確認看看。』

『王啊，我由衷感激。』

看看核心提供給我的地圖，看來總共有兩百三十四個點。

就算我用閃驅直接去確認，全部跑一輪也要花不少時間。

反正都被棄置幾百年了，讓我先吃頓午餐也好吧。

◆

「都市核啊——要在這裡建立新國家嗎？」

我提到在地底發現都市核，以及孚魯帝國的財寶，亞里沙這麼說了。

「我才不做這種麻煩事。」

「咦——不好玩——」

建立一座綠洲當作穿越沙漠的中繼站也不錯，但是經營城市這種大麻煩，我敬謝不敏。

「而且這陣子，得先好好重新填充魔力吧？」

我先將自己九成的魔力，以及一支保存有剩餘魔力的鑄造聖劍（當魔力電池用）的魔力，灌進都市核之中。

都市核保存的魔力量跟我是天差地別，離充滿還遠得很，但是都市核說它能展開防禦牆，連毀天滅地的災害都還能撐一陣子，所以我打算叫它之後從地脈或泉源累積魔力就好。

「主人，發現不錯的石蔭，我這麼報告道。」

「謝啦娜娜。露露，能不能把飛空艇開過來？」

「遵命，主人！」

上百公尺高的連綿岩石遮擋陽光，我們將小型飛空艇停在這裡。

在這裡吃午餐會吃得滿嘴是沙，所以我們在陰涼的地方使出「石製結構物」魔法，製造神社風格的鳥居與建築。

我也想過是不是要做成帕爾海農神殿的風格，但是今天感覺想做個神社，就是它了。

我本來有點警戒，但是之前在聖留伯爵領看到石鳥居風格的「故障的轉移門」，瞬間湧出奇怪的回憶，這次則沒有。

「石鳥居是還好，但是連神社本身都用石頭，感覺怪怪。」

「沒錯。」

我同意亞里沙的看法。

接著使用「風牆」與「空調」魔法，調整基地內與室內的氣候。

「涼涼喔～？」

「真是心曠神怡喲。」

小玉跟波奇在沙漠裡照常四處暴衝，但看來還是會覺得熱。

「這裡是辦公室？後面還有外廊呢。」

「是啊，浴場總不能設在正殿裡，所以外廊是給浴場用的。」

現在只做了外側，內裝還沒處理。

「我表妹家裡就是神社，小學低年級的時候經常去她家玩，感覺這裡挺親切的。」

哦——第一次聽到。

「當時經常坐在外廊上，吃水煮玉米跟烤地瓜呢～」

食慾重於懷舊，不愧是亞里沙。

「裡面有準備浴池，去洗掉汗水跟沙子吧。」

我撥掉亞里沙頭髮上的沙子，用「石製結構物」魔法在辦公室後方建造浴場跟排水道。

我想這魔法實在太方便了。

這個浴池大得像游泳池，所以我在浴場周邊架起屏風。

「主人也一起來洗澡吧。」

「嗯，一起。」

「不好意思，我有其他事情要辦。」

亞里沙跟蜜雅邀我一起洗澡，但是要穿著浴衣洗沙子不太方便，要我跟全裸的年長組一起洗澡，我也會猶豫。

「咦——難得可以看到正太的肉體——」

「亞里沙？」

「——口誤，應該是難得有服侍主人的機會。」

亞里沙慾望爆發，蜜雅出言告誡。

我把一臉遺憾的亞里沙送進屏風裡的浴場，自己用生活魔法洗掉身上的髒污與沙塵，然後瀏覽在地底發現的幾本書。

『神明之力是何等強大——』

看來是領主日記，這個開場白之下說明了大沙漠成形的原因。

『——吾等命定之人子，果然不該運用蘊含龍神之力的「龍焰玉」。』

在波爾艾南聽說的材料之中，並沒有「龍焰玉」。

我手上有的是「真龍珠」，從「龍焰玉」字面看，或許是收藏著龍神噴火的寶玉之類？

『一切化為灰燼，無論魔王大軍，或者我等的軍隊城池，就連帝國大地也完全燒毀，地脈也殘破不堪。想必此地再也無法住人了。』

日記就到此結束。

都市核房間並沒有白骨，看來領主也拋棄都市核離開了。

——哎呀？

可是我從自閉模式喚醒起來的都市核，很正常地有連結地脈啊？

算了吧——

先檢查這個挺危險的「龍焰玉」。

我先搜索儲倉跟地圖，沒有發現「龍焰玉」這個危險物品。

讓我鬆了口氣。

「主人？怎麼了？」

亞里沙拿著一瓶果汁牛奶，輕快地走過來。

「我在看大沙漠形成當時的故事。」

「什麼啊——我還以為找到孚魯帝國的魔法書或祕術呢……」

「也有魔法書喔，吃飽飯之後要看嗎？」

「當然要看！」

「看。」

亞里沙與蜜雅興致勃勃地要求。

我拿布擦拭蜜雅濕濕的頭髮，問她今天午餐想吃什麼。

「麵線好！飯後甜點要怒吃半顆大西瓜！」

亞里沙的要求就像放暑假的小朋友。

「肉～？」

「波奇也想吃肉喲。」

「妳們兩個把頭髮擦乾再說。」

小玉跟波奇濕淋淋地跑過來，莉薩追著她們擦乾。

嗯，莉薩也先穿了衣服再來好嗎？

「麵線跟肉啊……叉燒肉，蛋絲，再加點小黃瓜條跟番茄好了。」

「感覺好像涼麵喔。」

對，涼麵應該也不錯。

明天就吃涼麵吧。

「對了！來吃流水麵線吧！」

「有竹子，也是可以。」

「竹子？」

蜜雅歪頭不懂，我把其他人召集起來解釋流水麵線。

然後從儲倉裡拿出竹子，對半縱切，刨去竹節，然後用「樹靈珠」連接在一起。

「我叫水精靈。」

蜜雅使用精靈魔法「創造水精靈」，創造出水的擬態精靈溫蒂妮，控制流水麵線軌道上的水流量。

「喔喔，水在循環呢。」

流到終點的水在空中流動，重新回到頂端。

這麼一來，沒撈到的麵線應該會跟水一起循環回來。

「好強啊。」

「嗯。」

我誇獎，蜜雅點頭，一臉自認還不賴的樣子。

露露跟莉薩去煮麵線，準備配菜。

蜜雅有追加要求，所以配菜追加了甜鹹怪物香菇，吃起來像是散壽司的配菜。

感覺叉燒之類的配角數量已經多於主角麵線，但是沒有人質疑這件事。

「要去嘍。」

準備完成，我對站在竹筒兩旁的夥伴們宣布開吃，就從頂端接連放下麵線。

要是放得太優雅，應該流不到最下面吧。

「雅致。」

「真是風流，我這麼報告道。」

蜜雅跟娜娜開心地撈著麵線。

「好難～」

「麵線人好滑溜喲。」

小玉跟波奇不太會用筷子，陷入苦戰。

「好吃，如果用叉燒肉捲著蛋絲跟小黃瓜絲吃，口感又不一樣，真好玩。」

「小玉也要～」

「波奇宣布是新口感喲。」

莉薩吃了點麵線之後開始吃叉燒肉，小玉跟波奇也放下麵線，撲向配菜大盤找肉吃。

「嘿，找到粉紅麵線了。」

亞里沙一說，小玉的耳朵抖了一下。

「黃色麵線。」

波奇聽到蜜雅說了就回頭。

亞里沙秀出彩色麵線，小玉跟波奇立刻趕去。

「不同色～？」

「口味不一樣喲？」

「口味是一樣，不過聽說吃了不同色的麵線，可以平安又健康。」

小玉跟波奇興致勃勃，亞里沙隨口亂說。

「波奇也要平安健康喲。」

「小玉也要跟著撈～？」

我只是覺得好玩，就加了幾條彩色麵線，看來在異世界也很受小朋友歡迎。

所以就對拿著筷子的小玉跟波奇，放了幾團有彩色麵條的麵線。

而且還使出「理力之手」，讓麵線在兩人面前減速，方便撈夾。

「波奇看到的麵線就像暫停一樣慢！」

是暫停了沒錯啊。

「到手～？」

「我搶喲——」

小玉跟波奇的手，就像猛禽一樣掠奪不會動的麵線。

而且已經放棄筷子，直接用手抓。

「滑溜溜～？」

「好玩喲，要吃更多喲。」

妳們喜歡就再好不過啦。

「不可以用手抓，用這個。」

「系。」

「對不起喲。」

莉薩警告兩人，然後拿走她們的筷子，改給一支夾子。

我也下去一起吃流水麵線。在迷宮裡通常是吃肉補氣力，所以很久沒吃這樣的午餐，滑溜又有嚼勁，真好。

有人吃膩普通的麵線醬油，我就推薦她們改沾芝麻醬，自己則邊吃麵線邊換配料口味。

「天氣熱，甜點就是要吃西瓜啦——」

午餐吃完流水麵線，我們就一起坐在外廊邊上，吃西瓜當飯後甜點。

有特別要求的人獲得剖半的大西瓜，直接用湯匙挖著吃。

不用說，這就是亞里沙的要求。

「叉燒肉好吃，西瓜也好吃喲。」

「好雌好雌～」

小玉跟波奇剛才盤子裡的叉燒肉多到看不見麵線，吃完了卻還是胃口大開，現在把臉埋到西瓜裡猛啃。

「妳們兩個，要是把西瓜籽吃到肚子裡，會囤積在盲腸裡長西瓜喔。」

「妞！」

「那就慘了喲！」

亞里沙的玩笑話，小玉跟波奇當真了。

「所以西瓜籽不可以吃下去，要呸呸呸吐出來才是道理！」

——西瓜籽就是要像機關槍一樣呸呸呸，才有青春與夏天的味道啦！

亞里沙那句話，喚醒我先前曾聽過的一句話。

坐在外廊上的亞里沙往我看過來。

我在她身上看到一個淺綠色頭髮的女童身影。

「主人啊，竟然用牙籤挑掉西瓜籽再吃，太不豪邁了！」

——一郎！不可以吃得那麼娘娘腔！

亞里沙的紫色頭髮在沙漠的熱風吹拂下搖曳。

我彷彿看見夏日微風輕揉吹過女童銀髮的光景。

腦中不斷閃過影像。

怎麼了，這個？

「——主人？」

一隻纖柔的手將我拉回現實。

我微微搖頭，甩開奇妙的殘影。

看到娜娜的臉，就想到那是在波爾艾南森林的小河邊玩，所看到的白日夢。

「我沒什麼事，可能是沙漠陽光直射，有點累了。」

「主人，請多保重。」

莉薩溫柔地說。

在裡面做菜的露露也回來了。

「主人，我試著做了水果涼湯。」

「嗯，美妙。」

「圓圓果肉漂在甜湯上真可愛，我這麼報告道。」

露露做了少女風的甜點，蜜雅與娜娜稱讚。

甜湯裡還漂著奇異果與鳳梨，光看這五彩繽紛的顏色就很消暑。甜湯也不會太膩，巧妙地襯托出水果的香甜。

「露露，這很好喝喔。」

我誇獎露露，她給我耀眼的笑容。

最近露露似乎愈來愈不對外表感到自卑，笑盈盈地真養眼。

之前回去波爾艾南的村子要重新修行，路上經過拉庫恩島，蕾伊跟優妮亞給了我們大量的南洋水果，現在也裝滿了大盤子端上來。

「喜歡香蕉～？」

「波奇喜歡蘋果跟鳳梨喲。」

「淋優格的奇異果也很好吃，我這麼報告道。」

每種水果都正當熟，非常好吃。

我就跟夥伴們一起吃著南洋水果，大快朵頤。

◆

「我先出去一趟。」

女孩們吃飽正在午睡，我打算趁機逛逛大沙漠，檢查都市核。

「小心喔，不可以做危險的事情喔。」

亞里沙像個愛操心的媽媽，我對她揮揮手，使出天驅飛上天，確認高度足夠之後，再用閃驅飛向目標方向。

「——這裡可真大啊。」

真不愧號稱大沙漠。

大到在地圖上都可以分成好幾個區域，看來這個大沙漠的面積，比我之前所旅行過的面積都還大。

如果沒有速度遠超過噴射戰鬥機的閃驅技能，我可能會飛到灰心吧。

「這是那個鬼東西龍焰玉炸出來的嗎？」

大沙漠的邊界是連綿不絕的山脈。

不知道是爆炸炸出了山脈，還是山脈抵擋了沙漠化。

「沙啊沙啊沙——」

難得看見這樣從頭到尾只有沙的沙漠。

魔物好像也是有，但是非常少，運氣要爛到不行才會碰上。

「——喔，是綠洲。」

大沙漠西邊邊境上，有個小小的綠洲。

看來這一帶不是大沙漠，而是一群所謂的沙人族所居住的國家，稱為福斯特魯大公國。

根據我搜尋全地圖所得的資訊，這個國家的國土面積大概有歐尤果克公爵領的四倍大，但是人口與城市數量只有希嘉王國的一個伯爵領那麼多。

我想順道觀光新發現的國家，但是告誡自己，我正在尋找被沙漠淹沒的都市核。

等我打倒「樓層之主」，修行告一段落，去聖留市玩過之後，再去遊歷希嘉王國之外的國家吧。

逛完兩百三十四個點，發現只剩十二個都市核存活，其他只剩下結晶體掉在地上，應該是都市核的殘骸。

有很多殘骸都還保持完整形狀，我先收進儲倉，或許可以修得好。

存活的十二個都市核，跟我第一個發現的都市核一樣，都登記為我的領地，並各自填充一支鑄造聖劍份量的魔力。

而且我在兩百三十四個點的都市核位置，全都設置了刻印板，往後要去沙漠那一頭的國家觀光，或許可以派上用場。

預兆

「我是佐藤。用食物勾人聽來或許不太正派，但是拿好處吸引想要的人，是歷史悠久的手段。有清楚的目標，才方便大家努力做事。」

「沒想到會這麼踴躍啊。」

在大沙漠跟都市核簽約，隔天下午我就回到公會訓練所，視察一場召集探索家志願者的講習會。

「是呀，相當熱鬧。」

帶路的公會女員工，負責聘僱講習會講師，以及募集聽講人。

多虧有她，我只要負責出錢經營，還有決定剛開始的教學方針就好。

「最近不少人夢想靠著收集藥方來一夜致富，不過大多還是看上講習會最後分發的飯菜啦。」

來聽講習會的也有成年人，但是國中年紀的小朋友占大多數。

我看真的很多孩子想來吃飯，當公會廚房飄出湯汁的香味，大家突然就心猿意馬起來。

「差不多要結束了。」

當講師宣布講課結束，孩子們立刻衝到訓練所角落，整齊排成三排。

「那是要領餐的隊伍嗎？」

「正是。或許是因為士爵大人的善心供餐要排隊，最近的孩子們都很會排隊了。」

看來我家小孩在善心供餐初期努力排隊，有了成果。

「今天吃肉！」

「好豐盛喔。」

「我今天一定要答對，多吃一點。」

「剛才講得課已經聽兩次了，我也有信心。」

孩子們看到公會廚師端出湯鍋跟大塊烤肉，興奮地交頭接耳。

至於他們所說的多一點——

「使用閃光彈的時候要注意什麼？」

「使用之前告訴夥伴『要用閃光彈』！」

「答對，有專心聽課喔。多給你一塊肉吧。」

「棒啊——！」

——就是這樣，只要答對上課內容，就可以多吃一點。

有很多孩子在課堂上打瞌睡，所以亞里沙提出這個方案來解決。

「這麼一來，聽講人們開始專心上課，講師們的反應也很好喔。」

「講師都比較年長嗎？」

「是啊，我們詢問退休的探索家，優先聘用擅長照顧小孩的人。」

「這樣的話人事費用會不夠吧？」

我本來打算聘入行兩三年的新手探索家來當講師，所以提報給公會的薪資不是很高。

「哪裡，您一開始提出的薪資沒有問題，只是挑選志願者很不容易。」

女員工望向講師，講師被聽講人包圍，笑著一起吃飯。

或許講師認為自己的知識能傳承給年輕人，是很開心的。

講習會視察也差不多了，我跟帶路的員工一起回到公會裡。

「是我的錯覺嗎？感覺這裡比平時更活潑了。」

公會裡的人一直都很多，但是現在有更多精神飽滿的探索家。

尤其年輕與中年的探索家特別有活力。

「多虧了貝利亞魔法藥啊。」

公會員工說的「貝利亞魔法藥」，原料是茂盛生長於迷宮都市內盆地的多肉植物。

原本是精靈賢者托拉扎尤亞在迷宮都市裡推廣的魔法藥，但目前製法已經失傳，淪為空穴來風的詐騙手段。

「是說有人在迷宮裡找到片段藥方的事情？」

「是啊，探索家公會跟鍊金術士公會聯手懸賞藥方，就有很多探索家跟剛才的聽講人一樣，打算一夕致富。」

公會裡這麼熱鬧，應該是大家忙著交換已探索區域的資訊吧。

至於迷宮裡怎麼會有片段的藥方呢？其實是我到處扔的。

我碰巧覺得有必要在迷宮都市裡推廣便宜的魔法藥，所以將精靈鍊成板用的舊藥方，改編為人類鍊成板用的新藥方，拆成多份藏在迷宮的寶箱裡。

我是可以用庫羅的外表直接把藥方告訴探索家公會或鍊金術士公會，但是又認為探索家們應該靠自己把藥方帶回迷宮都市，才會這麼做。

「寶箱裡除了藥方，還有正牌的貝利亞魔法藥，所以很多孩子賣了藥就能買新裝備。」

看來工匠街的景氣也會比較好。

沒錯，公會裡穿著新裝備的孩子，比以往來得多。

——紫色？

眼前閃過一抹紫色。

一時還以為是亞里沙，但是看這人戴著斗篷兜帽遮臉，應該是犬人的小孩。

那孩子迅速躲入人群中，我在地圖上搜尋轉生者與魔族，都不符合。看來不是所有紫毛人都是轉生者。

我有點在意，所以發動「眺望」技能搜尋公會內外，卻也沒能找到。

「怎麼了嗎？」

「沒事，只是看到紫毛的犬人小孩，覺得毛色有點罕見——」

「禁忌色的毛？那可真是罕見。」

從口氣聽來，她也沒有見過。

我請她要是有看見，就問問對方的名字。只要知道名字就可以搜尋，搜尋出來就知道是不是需要提防的對象。

我在一樓跟員工道別，前往公會長辦公室。

「喲，佐藤，聽說你打倒『區域之主』啦？」

「消息真靈通啊。」

一走進辦公室，公會長就這麼說。

其實我跟夥伴們已經打倒二十多隻「區域之主」，但是公會收到的報告好像只有一隻。要是我把「區域之主」的魔核交給公會，應該可以賣到很好的價錢，還能收到很高的報酬，但是這次我們宣布要打倒「樓層之主」，所以魔核先留著。

「那不是當然？我好歹也是公會長啊。」

事情都沒做，賴在沙發上打滾，完全沒有說服力。

看來負責監督公會長的烏夏娜祕書官外出了。

「話說你們不到二十個人，就可以打倒『區域之主』，繼琳格蘭蒂姑娘之後還是頭一遭啊。」

公會長語重心長地說起往事。

勇者隼人的隨從之一「天破魔女」琳格蘭蒂小姐，在當上隨從之前，曾經率領一支隊伍擊敗「區域之主」，並接受王都聖騎士團的幫助，討伐了「樓層之主」。

話說之前好像在穆諾城，聽歐尤果克公爵領的神殿騎士們講過類似的故事。

「可是啊，光一支隊伍應該不可能討伐『樓層之主』吧？如果要找薩里貢，還是強大的『赤鐵』隊伍，我可以幫忙喔！」

「多謝公會長的貼心好意。不過挑戰『樓層之主』還早得很，我也已經想好要找什麼隊伍幫忙，就心領了。」

公會長的好意令我開心，但是公開夥伴們的作弊裝備實在有問題。

我是為了同伴的安全才創造那些裝備，要是被邪魔歪道盯上，危及夥伴，那就本末倒置了。

「是喔……」

公會長若有所思地說。

這個人不會因為吃了閉門羹就鬧彆扭，肯定是因為其他事情。

「佐藤啊，我沒打算搶你的功勞，但是你聽我說說——」

我點頭答應公會長。

「其實就是你主辦的講習會，公會可以接手喔。」

應該是說我剛才視察的講習會，要招募探索家的那個。

我對公會長點頭，要她繼續說。

「本年度我有權撥經費下來，明年就請國家出資。」

「那可真是好啊。」

「你願意嗎？」

「當然，這本來就是我的小雞婆而已。」

如果不必我插手就能運作，再好不過。

國家需要魔核，那麼國家出錢出力栽培人員收集魔核，也符合國家利益。

公會長表示，原本公會就打算舉辦這種講習會，但是從木證升級到青銅證的人少之又少，結果經費被砍，也就停辦了。

「等烏夏娜回來再決定吧。」公會長說到這裡就結案，然後改提傑利爾攻略「樓層之主」的進度報告。

之前看到傑利爾一行人開始攻略，現在過了一個多月，看來還是沒有要攻打「樓層之主」。

「聽說他們掃蕩『試煉之間』的時候，營地每天晚上都被幽魂跟亡靈攻擊。」

睡眠不足造成士氣低落，作戰時又出錯，經常發生這種事情所以沒什麼進展。

「他們有報告過來說，已經從王都聘來消滅幽魂的專家，掃蕩作戰也終於結束了。」

「那就好啦。」

我還想去幫忙擊退幽魂，看來沒必要了。

「看你真的這麼放心，果然是佐藤沒錯。」

公會長擺出無奈的姿勢，笑了笑說。

「一般來說，聽到對手出糗會開心才對吧？」

「我們沒有在競爭啊。」

我們之所以想打倒「樓層之主」，是因為對同伴來說並不困難。

「你該說沒野心，還是沒霸氣啊……但是在年輕人裡面又最出頭，所以討人厭哪。」

講得不是很好聽，但是公會長說這些並沒有惡意，我就隨便答腔了事。

「對了佐藤，小國的公主跟太守的三公子，來問我什麼時候開貴族專用課程，還有什麼時候辦探索家學校呢。」

閒聊途中提到這件事。

諾羅克王國的米提雅公主，跟太守的三公子蓋利茲，好像來過西公會了。

應該是在我們進入迷宮的時候，聽說了探索家學校的事情吧。

「我是有想過要辦探索家的養成學校，不過也只是在構想階段，沒有具體的計畫啦。」

「感覺就像比較大規模的講習會吧？想辦就辦啊。公會這邊我來批准，你也肯定能很快拿到太守批准。講師的話，你想找誰我就去找喔！」

可真好心啊。

「為什麼要做這麼多？」

「因為我很看好你啊！」

但是太好心，我不禁想問清楚，而公會長也回答得很清楚。

「你知道自己才不過來迷宮都市沒多久，就拿出不少成就嗎？」

「不過就是辦了善心供餐，開了私立養護院而已吧？」

「別說得那麼簡單，很多人有一樣的想法，但沒能改變現狀啊。光是要辦善心供餐，取得太守批准，就不知道有多辛苦——」

公會長又提到改善水道水質，遭遇迷賊這些事情。

「擊退迷賊的不是我，而是勇者隨從庫羅大人跟公會長吧？」

「是你先逮住魯達曼才有起頭啊。」

這麼說來，迷賊王魯達曼是我用佐藤的身分抓到的？

化裝搞地下活動久了，有時候就是會搞混。

「總之呢，你考慮看看吧。」

「好。」

探索家學校啊……給志願者聽的講習會，接觸人數多但不深入，如果能加入武術基礎與技巧實習，打造成全面的教育機構，應該是不錯。

如果真的要開辦，剛開始就只收少數公費生，免學費，先確立學校的方向會比較好。

回到宅邸之後，問問亞里沙跟莉薩的意見吧。

「公會長！不好啦！」

當我跟公會長閒聊的時候，公會長祕書官烏夏娜小姐衝了進來。

她平時很文靜，所以看來事情很嚴重。

「冷靜點，怎麼了？」

「魔王啊！」

——魔王？

我先不管驚慌的公會長與烏夏娜小姐，偷偷搜尋地圖。

嗯，沒有，察覺危機技能也沒任何回應，應該沒有急迫性。

「妳講這樣誰懂啊？魔王在哪裡現身了嗎？」

「不是，是預言。」

公會長一時驚慌起身，聽了又一屁股坐回沙發上。

「怎麼，預言不是早就說過這件事了嗎？」

公會長說得沒錯，我在公都的特尼奧神殿聽過魔王復活的預言，其中也提到這座迷宮都市賽利維拉。

「是新的預言。」

「這個月輪到哪裡？」

「卡里恩神殿。」

「哦——就那個菜鳥巫女的神殿啊。」

除了札伊庫恩神殿之外，六座神殿的巫女們會每個月輪流使用「神託」技能，向神殿所祭祀的神明聽取預言。

「那，內容是什麼？」

「『將出現統治沙海的偉大之王』。」

——啊。

這該不會是說我吧？

時間點非常巧合，而且我復活起來的都市核，也說我是「王」啊。

「王啊……『沙海』就是西邊的大沙漠吧？我想是沒有人會去那種不毛之地定居，也不會有國家想要攻打進去，這麼說來……」

「是，所以卡里恩神殿的神殿長說了，可能是延伸到大沙漠的賽利維拉迷宮裡，即將有魔王復活。」

「有可能喔……」

「莉莉安，妳怕啦？」

有人不敲門就直接闖進來，正是公會長的精靈顧問，賽貝爾凱雅小姐。

外表是溫柔美少女，口氣卻很粗魯。

「別那樣叫我了。」

「那改叫『紅蓮鬼』佐娜吧。公會怎麼打算？」

「把魔族逼出來吧。魔王復活之前，魔族都會偷搞些活動。之前迷宮都市就有魔族攻擊事件，他們幹了那麼大一票，竟然還繼續搞陰謀，也真是太小看我啦。」

大家的談話已經拿魔王會復活為前提了。

上次綠色上級魔族確實是在迷宮都市企圖復活魔王，但是這個計畫已經被我給砸了。

這次的預言，十之八九是說我喚醒了沉睡在大沙漠裡的都市核。

但是我不能老實說，該如何是好呢？

「從前，曾經有四大魔王出現在迷宮都市裡——」

公會長這麼說了。

「——狗頭，蠍王，蟲王，碎嵐王。」

烏夏娜小姐接著公會長的話說下去。

「最古老的魔王又號稱邪神，正是『狗頭古王』。太古紀錄上寫道，狗頭古王不曾敗給勇者或七柱眾神，最後是由龍神與天龍擊退的。」

連龍神之外的神明都贏不了啊……

怎麼搞的？想不起來，但有點牽掛。

「接著是『蠍人魔王』，率領無窮大軍折磨歐克帝國。『蠱毒魔王』，以瘟疫與飢荒消滅數個中央小國，並讓沙珈帝國人口減半。『碎嵐魔王』操縱龍捲風，毀了希嘉王國許多都市。每個都是不像話的魔王，苦了當時的勇者啊。」

烏夏娜小姐說完了魔王的細節，鐵青著臉發抖。

「哎呀？賽利維拉的迷宮裡不是還有『骸王』『深淵血王』『鋼王』跟『小鬼姬』嗎？」

「那是創作，不是史書上記錄的魔王。」

賽貝爾凱雅小姐發問，烏夏娜小姐否定。

我對這種故事有興趣，但這種時候發問有點不識相。

「那我要是發現魔族，就立刻通報公會。」

「麻煩你啦，要是看到魔王順便幹掉他啊。」

「好，知道了。」

公會長開玩笑，我也開回去。

賽貝爾凱雅小姐顯得很滿意，但是這則預言應該只是指我跟都市核簽約，誤會一場，我看我是要辜負她的期望了。

另外神託的日子都有公開，太守的官員與迷宮方面軍的士官都會出席，應該是沒必要特地來報告。

總之先回去通知夥伴，要她們別擔心了。

◆

「吼——原來魔王復活是謠言喔。」

「遺憾～？」

「對喲。」

「姆。」

回到大宅裡向夥伴們提起神託，以及我的推測，幼年組都很失望。

難道她們很想跟魔王交手？

魔王畢竟是太犯規了，我不想讓夥伴們去交戰。

「主人出門的時候，西門子爵送了東西過來。」

「謝謝啊，米提露娜。」

我從米提露娜小姐手上收下包裹，一看是卷軸。

在設計娜娜的新理術「自在劍」的時候，我也想自己用用看，所以向西門子爵的卷軸工坊訂製卷軸，交貨可真快。

理術與術理魔法的互換性很高，稍微修改一下就好。

順便訂的下級風魔法「音響」也送到，這是要用來播放以「錄音」魔法記錄的聲音。

「哎呀？有五只卷軸啊？」

除了我訂製的「自在劍」「音響」之外，還有中級水魔法「滿潮浪」，中級冰魔法「冰結空間」、中級雷魔法「降雷」。

看看子爵附上的信紙，似乎是盤點的時候發現稀有的卷軸，就送給我了。

之前我給他一只原創光魔法「操螢光」的卷軸，他賣給王都的名門貴族賺到翻掉，所以才給我回禮。

「主人，講習會視察得如何？」

莉薩等我確認完卷軸，提起講習會的事情。

「喔，那個很順利啊。公會長說要向國家爭取預算，全部都由公會扛下來了。」

「咦——那功勞不就都是她們的？」

「有什麼不好？麻煩事也都她們扛啦。」

亞里沙不太高興。

「至少叫她們保持講習會的名稱吧。」

「名稱？」

「公會文件上登記的名稱是『潘德拉剛志願者講習會』啊。」

感覺用這個名字，志願者好像是想跑進我家，還是加入我的隊伍。

「原來是這個名字啊……」

「挺不錯的吧？」

亞里沙得意洋洋，我抓抓她的頭。

「哎喲——頭髮會亂掉啦——」

亞里沙嘴上抱怨，但感覺很開心。

「小玉也要～」

「波奇也想被摸頭喲。」

「嗯，再來我。」

幼年組接連討摸，我一邊摸頭，一邊提起公會長建議我開辦探索家學校。

「也好吧？既然這麼看得起主人，就開一所學校啊。主人重新鍛鍊卡吉羅仔跟『美麗之翼』那兩個人，不就是為了開辦探索家學校嗎？」

我聘了「美麗之翼」的人要當講習會老師，但是公會長貼心找來了講師，結果他們就閒下來了。

讓人家閒著也不好意思，所以我請復健中的卡吉羅先生，實際教導他們真正的武術，以及跟魔物周旋的技術。

「反正資金充裕得很，公會長又說會幫忙找人，那就答應下來啊。」

沒錯，除了我個人資產雄厚之外，也配合夥伴們升級的程度，提交適當水準的魔核跟材料去賣，所以夥伴們賺到的金額也不少。

「如果只是賺錢會被人眼紅，那就投資去栽培未來的人才吧。」

「這就對啦！」

亞里沙之外的女孩們也都沒意見，所以決定利用空檔籌辦探索家學校。

這不需要太急，先慢慢打通各個機構的關節吧。

王都

「我是佐藤。到公家機關辦事，真是手續繁雜。另外傳聞只要有大人物關說，事情很快就會辦完，看來只是空穴來風。」

「那就是王都啊——」

我在可以眺望王都的山上設置轉移據點，在朝日之下看著背光的王都。

設立探索家學校這件事情不是一朝一夕可以辦好，所以我決定先去支援派駐在王都的金髮貴族千金艾爾泰莉娜一行人。

我在迷宮都市的下城長屋（註：集合平房）裡收留了一群夥伴，但是入不敷出，為了賺錢生活，才派她們去尋找跟王都做生意的商品，以及新的據點。

另外艾爾泰莉娜的祖父凱爾登侯爵扛著叛國罪嫌，她應該也想看看祖父好不好。要是如她所說，祖父是冤枉的，我也想幫點忙。

「好啦，會合之前把蒂法麗莎也帶去吧。」

我變身成白髮、軍裝、外國臉孔的庫羅，使出歸還轉移回到迷宮都市，把駐留在「蔦之館」的蒂法麗莎帶著，又回去轉移據點。

「我、我頭暈了。庫羅大人，那座城市該不會是？」

蒂法麗莎甩了那頭齊肩的銀髮回頭看我，俏麗的美貌顯得有些吃驚。

「希嘉王國的王都啊。」

「王、王都？這裡離迷宮都市很遠的吧？」

「好像是。」

至少比東京到大阪要近。

「這、這樣啊……」

我答得輕鬆，蒂法麗莎也覺得好像就這麼回事了。

「穿上這個。」

我把都市核隔離空間庫裡找到的透明斗篷交給蒂法麗莎，她猶豫了一下才披上。

蒂法麗莎確實變透明了，但是在我看來還是半透明，就像之前看破幻影一樣。

看來這類魔法跟道具還是對我沒效。

「看得到我嗎？」

「庫、庫羅大人變透明了？——我的身體也透明了！」

「冷靜點。」

我看我應該先解釋透明斗篷才對。

冰山美人蒂法麗莎難得驚慌，意外的一面看得我很滿意，然後我就抱著她使出天驅前往王都。

王都的東西南北都有大門，我們前往離迷宮都市最近也規模最大的西門。門前連通六線道那麼寬的馬路，人們大排長龍等著接受入城審查。

我們在適當的地方拿下透明斗篷，跟著從驛馬車下來的人們，排在隊伍最後面。

「原來要照規矩走大門啊。」

「那當然。」

我回答蒂法麗莎的問題。

其實我本來打算在透明狀態下翻過城牆，但是王都被半球形的不可見結界包圍，ＡＲ顯示「結界：王都〈警戒〉」所以才放棄。

保險起見，我已經偽造了身分證，就用這個進入王都。

除了商人跟武裝男子之外，檢查都很隨便，我想應該能輕易過關。

「那邊的白髮男，站住。」

我還以為能順利過關，卻被眼神凶惡的騎士給喊住。

「騎士大爺，有何指教？」

「我才要問你什麼打算，拿下你的面具，說說你來王都幹什麼。」

對喔，我臉上還戴著遮住上半臉的面具呢。

「我只是個跑腿，正要把這個送給委託人呢。」

我拿下面具，從蒂法麗莎手上接過一柄用布包住的長劍，交給騎士。

「——這、這是！」

騎士解開布，稍微抽出那柄古老大劍，立刻啞口無言。

這是在「區域之主」狂亂洋蘭的寶箱裡找到的光屬性魔劍。

「怎麼會徒步運送這樣一把名劍？」

「徒步是委託人指定的，想問清楚，就直接問立頓伯爵夫人吧。」

對方起疑，我就報出王都名門貴族的名號。

聽說這夫人是迷宮都市太守夫人的朋友，但我從來沒見過，當然也沒答應過她要送魔劍，全都是我鬼扯。

「立頓伯爵夫人啊……好，去吧。」

我從騎士手上拿回魔劍，立刻離開。

今天詐術技能也是一路順暢啊。

V獲得稱號「送貨人」。
V獲得稱號「貨運行」。
V獲得稱號「走私客」。

◆

「庫羅大人！蒂法麗莎也來了！」
「艾爾泰莉娜小姐，久違了。」
根據地圖資訊，我們抵達艾爾泰莉娜一行人滯留的住處，是個普通的客棧。
是我多心嗎？艾爾泰莉娜的笑容沒什麼精神。
應該是為了祖父凱爾登侯爵的事情煩心吧。
「別來無恙？」
「「「是的，庫羅大人。」」」
其他貴族女孩，以及同時派駐在此的下城長屋商人女孩三人組，都很有精神地回話。
看來在熱鬧的王都生活很開心，大家臉色都很好。

「庫羅大人，挑選的交易品項在此，另外也看上了三座商會用的建築。」

「嗯，相當好。」

我看了交易品項的樣品，看來迷宮都市那些好大喜功的探索家們應該都會喜歡。好像也談妥了幾個商會可以委託送貨。

「然後，那個——只要有商業許可證，就能順利進行了。」

艾爾泰莉娜有點支吾其詞，應該是催我去弄商業許可證來吧。

「不好意思，商業許可證還沒到手，我會去請求主子，妳們等等。」

我打算今晚化身為勇者無名，去跟國王求情。

我希望她們能擔任窗口，替我把飛空艇的空力機關和鑄造魔劍，賣給國王與貴族們。

總之生意應該算順利。

「那凱爾登侯爵的事情，查到什麼沒有？」

我先讓其他女孩下去，再與艾爾泰莉娜交談。

「這個……我找到的時候，祖父已經——」

聽她口氣沉重，含糊其辭，我還以為伯爵自殺了，結果只是辭去軍務大臣的職務，閉門思過。

「所以，是冤枉的？」

「是。」

艾爾泰莉娜點頭回答我。

但是現狀來說，除了凱爾登伯爵之外似乎沒人能辦得到。

「如果他失勢，獲利的人會有誰？」

「如果是軍方的名門貴族，或者軍需產業人士，應該過半數吧……」

畢竟效忠王國的凱爾登侯爵，只要碰到想行賄的廠商或貴族，就會全數排除。

「獲利最大的，應該是曾經輔佐祖父的軍務副大臣，波龐伯爵吧……那位伯爵怎麼說呢，是個一根腸子通到底的人，脾氣正直到不行，應該是不會策劃什麼陰謀才對……」

原來如此，第二把交椅頭腦簡單啊——

「也就是說，有人想把波龐伯爵當成傀儡嘍？」

「如果是軍方的名門貴族，又有這種打算，應該是拿古阿子爵或莫斯男爵吧。」

馬上就說出候選人，看來艾爾泰莉娜很熟悉王都的貴族局勢。

讓我想起在公都認識的西門子爵弟弟多爾瑪，他也很熟悉貴族局勢。

「拿古阿子爵跟莫斯男爵啊——」

搜尋地圖，發現兩人都在拿古阿子爵家裡。

他們在同一個房間裡面，房裡大概還有三個貴族，跟一個看似商人的男人。

我有點擔心，所以使出空間魔法「眺望」和「遠耳」，偷偷觀察那間房間。

『要推翻凱爾登還真不容易啊。』

哎呀，說曹操曹操就到。

我開始「錄影」和「錄音」，這兩種魔法能夠記錄我所見聞的資訊，就連「眺望」和「遠耳」取得的資訊好像也不例外。

幸好沒有人發現我正用空間魔法偷窺，我就專心又輕鬆地聽他們對話。

『不只國王陛下，就連平時跟凱爾登小有衝突的宰相，竟然也阻止他辭職啊……』

『這不是挺好？就趁著凱爾登派沒注意的時候，捏造一些諾倫商會貪腐的證據，把它踢下王家專用軍需品供應商的寶座——』

『之後就由你的哥德佐商會來接棒，是吧？』

『此事一成，必定奉上讓各位心滿意足的大禮。』

原來如此，是軍需產業人士在煽動野心過剩的貴族，才會鬧出這件事啊。

＞獲得稱號「偷窺者」。

＞獲得稱號「得知真相之人」。

『一切都要殿下點頭才算數，別忘了盡力效忠啊。』

『小的當然明白。』

嗯，王族看來也有參一腳啊。

「看來妳猜得沒錯。」

「咦？」

艾爾泰莉娜一頭霧水，我說出剛才看到的內容。

「庫羅大人，能請您把這件事情告訴祖父嗎？」

「——不准。」

艾爾泰莉娜懇求，我思考片刻之後拒絕。

我是可以把這件事告訴凱爾登侯爵，但他正在閉門思過，害他氣得衝去找奸賊理論也不好。再說要是與王族有關，事情應該會很麻煩。

「等個幾天再告訴凱爾登侯爵，我也會請求主子，將方才聽聞的內容轉告給國王。」

聽來國王與宰相都希望凱爾登侯爵能夠續任軍務大臣，只要讓他們看看錄影內容，解釋一番，他們應該會連幕後指使的王族一起處分。

——真是的。

我看著雷達上的光點，嘆了口氣。

「旁邊偷聽的那幾個，不准多嘴，明白嗎？」

「「「是的，庫羅大人。」」」

我把門打開來，躲在門外偷聽的女孩們就跌撞進來。

應該不是為了看熱鬧，而是擔心無精打采的艾爾泰莉娜吧。

我計畫今晚拜訪國王，所以先讓艾爾泰莉娜帶我看看候選的店面。

「商會名稱，您決定好了嗎？」

「——商會名稱啊。」

走在路上，艾爾泰莉娜這麼問我。

是可以取名角河或者見士富，不過我打算取個日本名。

我希望其他轉生者，以及被盧莫克王國召喚卻下落不明的第八個日本人，看到這個名稱會主動與我接觸。

我看看蒂法麗莎替我取的所有假名，選了個比較簡單的。

「叫越後屋如何？」

日本古裝劇的商人都取這個商號，任誰看了都懂。

而且我覺得取這個名字，就算做生意有點黑也說得過去，當然我計劃只做良心生意啦。

「這是庫羅大人欽點的商家名號是吧。要使用這位商家的商業許可證？」

艾爾泰莉娜的話讓我皺眉。

我回想起一些事情。

救出她們之後不久，我就說過會有這個名號的商人去找她，結果忘得一乾二淨。

「啊，抱歉，越後屋是我眾多偽裝之一。」

「原來如此啊。」

我隨口扯謊，艾爾泰莉娜深信不疑。

我挺想問清楚，庫羅對她來說究竟是怎麼樣的一個人。

好吧，先不管這個，我在逛街途中對某件事情有興趣，就問問同行的艾爾泰莉娜。

「看來不少人穿著異國服裝啊。」

「是，如今街上鼬人商人與大陸西方的人民，比我住在王都當時多了許多。」

尤其下城與貧民窟，大量出現許多可疑的外國人。

前方突然騷動起來，我跟著大家的視線看過去。

眾人看著三名騎馬的男女，身上都穿著白亮閃耀的聖騎士盔甲。

其中兩名男子裝備劍與盾，女子揹著一把充滿奇幻風格的白色步槍，看來是不用狙擊鏡的。

「真少見啊……是槍客？」

「庫羅大人不知道嗎？那位是希嘉八劍排名第五的赫密娜大人。」

看來這個揹步槍，金色鮑伯頭的漂亮女子，就是希嘉八劍之一。一雙鳳眼卻不覺得盛氣凌人，眼神相當溫和。

她年僅二十七歲，等級卻將近五十級。

之前見過希嘉八劍次席，夏洛利克三王子；赫密娜的等級比他高，但席次卻比他低。會不會是因為名叫希嘉八劍，所以不用劍的人席次比較低呢？

我用順風耳技能偷聽希嘉八劍們的對話——

「聽說沒有？傑茲伯爵領的隘口，有龍現身了。」

「有聽說過，要派托列爾卿前去是吧？」

「對付龍又不能派飛空艇去，『飛龍騎士』托列爾大人自然適任了。」

看來除了黑龍赫伊隆之外還有其他存活的龍。

「真是羨慕，我也想與龍一戰呢。」

「不愧是赫密娜大人——」

希嘉八劍滿腦子想打架，其中一個聖騎士無比佩服。

原來如此，看來聖騎士也是戰鬥成癮的一批人。

不過應該不是所有人都上癮，另一個聖騎士看著同僚苦笑，問了希嘉八劍另一個問題。

「聽說赫密娜大人要被派往迷宮都市？」

「是呀，迷宮都市的卡里恩神殿頒布預言『沙漠將有王要復活』，我奉命前去調查。」

「沙漠有王——果然就是魔王？」

「這次的任務就是要調查清楚。唉……沙漠這種地方，海姆卿跟盧歐娜應該比我更適合去吧——」

希嘉八劍赫米娜小姐又抱怨一句「祖雷堡大人真壞心」，看來這人應該是她的長官。

對不起，應該是我跟都市核簽約的關係。

當順風耳技能聽不到希嘉八劍一行的對話，我們也總算抵達目的地。

「庫羅大人，就是那棟紅色屋頂的房子了。」

領頭的艾爾泰莉娜指著候選店面的房舍。

比想像中要大。占地比迷宮都市的大宅要小，但是有四層樓，所以樓板面積應該有一倍以上。

此地位於下城和小康平民住宅區的中間，就行商來說也是很不錯的地段。

一樓當店面，二樓當辦公室，三樓以上當住家就可以了。

「後面還有停車場與廄房，但是倉庫空間並不大，如果商會規模做大了，得去租金低廉的工廠街租倉庫才行。」

「也是。」

艾爾泰莉娜高瞻遠矚，我點頭同意，又去逛其他兩間店面。

最後決定選擇地段與建築規模恰恰好的第一間，租金比迷宮都市要高，但落在預算範圍內，不成問題。

我又給了艾爾泰莉娜一筆錢，用來簽租約以及進貨。

接下來，就是去城堡見真正的國王了。

◆

「陛下，晚安。」

難得變身為紫髮的勇者無名，造訪希嘉國王的廂房。

我已經趁白天的時候放了封信在國王辦公室裡，說明我要來訪。

但是房裡卻只有國王一個人。

我還以為會像公都那樣，在房裡安排替身，自己從隔壁偷窺，或者安排一批親衛騎士在旁護衛，看來是我猜錯了。

其實隔壁也是有宰相跟希嘉八劍的首席，不過這實在很粗心。

「許久不見，勇者無名閣下。」

我從廂房窗戶溜進來，國王卻毫不責怪，請我進房。

聲音跟替身一樣，看來在公都見過國王替身的背景還算有效。

「我去了天之彼方和南海辦點事情。」

「哎呀，竟然受召登天，希嘉王國的勇者不愧是救國英雄。」

其實不是登天，是上太空了——不過訂正他也沒幫助，要解釋又嫌麻煩。

而且還偷偷認定我是希嘉王國的勇者，不管他。

「無名閣下，您的口氣是否與之前不同了？」

——糟糕。

話說在公都跟公爵還有替身講話的時候，是跟蜜雅一樣寡言的口氣啊。

在亞里沙的監督之下，我把無名的口氣改成「沒禮貌小孩」，免得別人聯想到佐藤，看來國王從替身聽來的資訊就有落差了。

「啊——當時接連跟魔王還有大怪魚交戰，累了，所以連說話都很辛苦啊——」

就靠著詐術技能大爺的本領，隨便找個適當的藉口。

「原來如此……是否，能麻煩勇者再讓我看看聖劍光之劍真正的本領？」

哎呀？被懷疑了嗎？

「好啊——」

我從道具箱裡拿出聖劍光之劍，灌輸足夠的魔力，吟誦聖句。

「《跳吧》。」

聖劍化為十三劍刃，在我身邊浮游。

「喔喔喔喔……」

國王吃驚到眼珠子都要掉出來了。

但是這有受傷的危險，請不要觸碰活動中的聖劍喔。

看國王心滿意足，我說了。

「夠了嗎？」

「感謝勇者。」

國王這麼說，但還是欲言又止。

「怎麼了？」

「無名閣下，能否讓我看一眼面具底下的真面目？」

我問國王，國王下定決心懇求我。

「可以啊，但是我怕羞，只有一下下喔。」

我猜他一定會要求，所以面具底下還加了變臉面具。
這次造訪國王之前，我也特別打造了升級版的變臉面具，使用在波爾艾南森林重新學來的技術，加入了妨礙透視、妨礙認知的魔法迴路。
最外面的面具也加裝了相同的魔法迴路，所以大部分透視類或看穿類的魔法道具都擋得下來。
「這樣行了嗎？」
我沒打算賣關子，就拿掉面具，露出變臉面具的臉。
臉的造型跟第一代變臉面具一樣，範本是我的青梅竹馬，模擬高中左右的長相。
「喔喔喔，神哪！」
哎呀？我青梅竹馬的長相不討他喜歡嗎？看國王青天霹靂，都快抽筋了。
可是嚇到要求神也太誇張了吧。
「啊，失敬，無名大人，能否也讓宰相見見您的尊容？」
——大人？
對我的口氣好像變得比較敬重了？
「陛下不必叫我什麼大人。我不太想讓人看自己的長相，但是再給宰相一人看沒關係。」

反正宰相沒有鑑定系或看穿系的技能。

「感謝勇者如此寬大，請容我喚宰相前來。」

國王一開口，等在隔壁房的宰相就來了。

根據我在公都拿到的貴族資訊（多爾瑪備忘錄），希嘉王國只有三個公爵家，宰相篤克斯前公爵是其中一家。

他將家長的位子讓給兒子，自己擔任國王的助手，負責行政。

——話說回來了。

我對宰相這個職稱有點刻板印象，但過來的人完全違背我的印象。

這人虎背熊腰，手持一點都不適合他的諸葛亮那種羽扇，應該叫他將軍比較恰當。

而且他只有戰鬥系技能「護身」，怎麼可以練得這麼大隻呢？

「陛下有何吩咐？」

宰相似乎先聽過無名的事情，看了我的面具也不怎麼驚訝，只是瞥了一眼就直接詢問國王。

國王給我們雙方介紹過，打個招呼。

「無名大人，有勞了。」

國王口氣敬重，宰相聽了不禁抬了抬眉。

「來嘍～」

我不在乎，拿下面具給宰相看。

「喔喔喔喔喔喔！」

宰相先是僵住一下，然後喊得比國王剛才還要錯愕，甚至瞬間痛哭流涕。

國王也好，宰相也好，反應都太大了吧？

我老王賣瓜，青梅竹馬長得確實有點漂亮，不過基本上是正常的長相，應該沒有特色強烈到會讓人震驚才對。

或許其實就如露露的案例一樣，這些人的審美觀比較脫線。

「夠了嗎？」

我一手拿著面具問國王。

「感激勇者大德。」

「不要對我用敬語好嗎？」國王感激涕零，我又提醒他一次。

「您或許不記得了，我等篤克斯家從建國之前，就一直侍奉大和尊者至今。」

哦～？

有人對我解釋過嗎？

我糊塗歪頭，戴回面具。

「建國之初，曾以『取像之祕寶』拍下大和尊者的英姿，如今仍保管在篤克斯家的『肖像之間』哪。」

國王突如其來的解說，讓我一頭霧水。

我對那個類似相機的魔法道具有興趣，但是搞不懂剛才的談話，怎麼會扯到開國聖王大和的照片被放在哪裡？要跟我炫耀嗎？

「是、是大和尊者啊～～！」

宰相擦著滿臉的淚水，突然張開雙臂往我抱過來，我縱身閃開。

「篤克斯，冷靜點。」

宰相被閃開又再次抱過來，幸好國王喝止，我不用閃了。

什麼？「大和」尊者？

難道我的青梅竹馬，長得跟開國聖王大和很像？

或許只是巧合，但是也太巧了。

「我是無名啊，跟開國聖王沒關係。」

「小的明白。」

不對，你看起來就不明白。

一臉就覺得無名是聖王大和投胎轉世。

為什麼——對了，我的頭髮。

勇者隼人跟「不死之王」賽恩都說過，轉生者出生都有紫色的頭髮。

所以國王看到我這個髮色，以為我是轉生者也不意外。

但是如果真的轉生，長相應該會變，光看長相跟頭髮就衝動認定，有點不適合擔任大國的國王跟宰相吧……

不過也罷，要訂正這麼強烈的偏見可不容易，隨他們去誤會就好。

但我還是提醒他們，別把我當成聖王大和。

「那我可以談正事了嗎？」

「聖——無名大人，失禮了。」

國王差點又要說聖王，連忙改口。

要先提凱爾登侯爵，還是先談生意呢——還是先提前者吧。

「第一呢，我隨從請我幫忙，要洗刷他朋友的冤屈。」

「請問這冤屈是——」

國王說到一半頓住，應該是想到凱爾登侯爵。

「對，就是凱爾登侯爵謀反的事情。」

「果然是冤枉的啊。」

宰相猛點頭。

就算我跟聖王長得超像，隨便信我真的好嗎？

「證據在這裡——」

我把「錄影」魔法拍攝的圖像，以及「錄音」魔法所錄下的聲音，連結到「資料輸出」魔法，再轉向「幻影」與「音響」魔法播放給兩個人看。

為什麼只播放圖像？因為資料傳輸速度不夠快。

「這、這可是天神祕寶『聚時水晶』？」

「不是啦——這是魔法。」

看來這裡也有錄影系的魔法道具。

「篤克斯，這夥人交給你處置。」

「遵命，必定按照國法嚴厲處置。」

聽起來覺得有點殘暴，但是我不打算干涉國家法治，再來就交給他們兩個吧。

不知道是哪個王族在背後教唆貴族，也就交給國王他們去調查了。

我沒必要進一步插手啊。

「多虧無名大人，我國才不至於失了忠臣，感激不盡。」

「打官司需要剛才的魔法嗎？」

「不必，本王與宰相親眼所見，不需勞煩無名大人出馬。」

看來沒必要給嫌犯跟其他貴族看。

我也是省了事，樂得輕鬆啦。

「要是凱爾登聽說聖——無名大人替他洗刷冤屈，肯定樂得要暈了。」

「凱爾登侯爵可是聖王的忠誠信徒啊。」

「我不是什麼聖王啦，聖王不是沉睡在『夢晶靈廟』裡面嗎？」

「說得正是。」

「看我都忘了呢。」

國王和宰相誇張地大動作點頭。

嗯，嘴上這麼說，但他們肯定相信我就是聖王。

我也懶得再訂正了，肯定是做白工。

「至於我的第二件事情呢——就是想在希嘉王國賣點魔法商品。如果要授權才能做生意，能不能授一個？」

「我立刻安排。」

國王一口答應。

然後迅速寫了一紙公文，一手按下玉璽。

不愧是國王專政，辦這種事情就是特別快。

「正式的商業許可證公文會於日後補上，目前有這份許可證便能行商無礙。」

國王說了，將親筆書寫的許可證交給我。

「謝謝——」

我老實道謝，兩人笑得更開心了。

剛才那句話好像有什麼隱情，但應該不必想太多吧。

「無名大人，敢問要販售如何的商品？」

「嗯，賣點魔法武器，魔法道具，也想賣點藥品。我還準備了飛空艇當招牌貨喔——」

「您是說飛空艇？」

宰相問我，我隨便舉些商品類別，但是國王一聽到「飛空艇」三個字就超激動。

「啊，嗯。我打算販賣大型的運輸飛空艇跟小型的私人飛空艇兩種。目前只準備了一艘運輸艦當展示，其他庫存都是空力機關，接單之後得等等才能交貨喔——」

運輸艦的性能等同於來回迷宮都市與王都之間的飛空艇，巡航速度與最大飛行高度也差不多，但是體積大了四成，設計目標就是增加載貨量。

另外之所以要在貴族之間推廣私人飛空艇，是為了讓我以佐藤的樣子，自由自在地來去各大城市而不至於引人起疑。

「私人用？要將珍貴的空力機關挪於私人玩樂之用？」

——太誇張了吧。

「如果各地領主能夠輕易往來王都，不是很方便嗎？」

「確實是方便，但無名大人真有如此充裕的空力機關？」

「嗯，多多少少。」

我不打算釋出大怪魚的鰭，但是在遊歷砂糖航線期間，取得了不少空力機關用的材料。飛天鮪魚（子彈鮪魚）跟獨角鯨的鰭，比飛天鯊魚（怪魚）鰭更多，則是口腹之慾造的孽。

所以空力機關用的材料多到不行。

其實用子彈鮪魚跟獨角鯨的薄鰭來製造空力機關，輸出比不上怪魚厚鰭的版本。我想要是魔法道具製作技能的等級太低，用前者製作空力機關，輸出就不夠了。另外攻擊沿岸城鎮的都是怪魚，大家應該不知道鮪魚跟獨角鯨也能當空力機關的材料。

「詳細說來，大人能準備多少數量？」

「大型飛空艇五艘，小型飛空艇二十艘左右的份量吧。」

我隨口回答，宰相追問，口氣有點焦急，所以我就給了詳細數字。

另外呢，大型飛空艇一艘的輸出，相當於三十艘小型飛空艇。

不過問題是能不能拿到批准，看國王跟宰相都在深思熟慮呢。

要是走黑市可不好吧。

「無名大人，實在難以啟齒，但為了國防安全，無法答應您隨意販售這樣大量的飛空艇啊。」

「目前我只打算賣給希嘉王國的貴族，也不行嗎？」

我裝可愛裝到有點肉麻。

感覺，好像心靈在扣血了……

「唔，既、既然是如此——」

「希望王家能有優先購買權。」

國王差點要答應，宰相立刻搶先追加條件。

剛才還那麼熱愛聖王，突然就一臉政治樣。

「若是要販售飛空艇，請務必先向王家或國王軍提出交易。」

「ＯＫ——」

「ＯＫ？請恕我等才疏學淺，只明白本國話，敢問這是肯定的意思？」

「對啦，不好意思，是肯定的意思。」

經過一番討論，總算獲准在王國販賣飛空艇。

說好是將五艘大型飛空艇的其中一艘進貢給王室，因功獲取商業權，並獲頒一面令牌。

表面上負責經商的單位不是勇者無名，而是越後屋商會。

預計要頒發的令牌是王室御用商人證，聽說有這證明，商人就能與貴族對等談生意。

由於國王親筆捺印的文書不能輕易公開，所以宰相準備了令牌。

另外大型飛空艇必須見到實物才能估價，所以說好日後將進貢飛空艇停靠在王都空港，同時估價。

「——啊，對了。」

這樣下去，佐藤就不能開飛空艇啊。

「是、是有什麼吩咐？」

「嗯——有點小事，其實我已經在南洋國家，賣了幾組小型飛空艇用的空力機關。」

宰相誠惶誠恐地問我，我隨口這麼說。

「這，如果只是幾組的話……」

宰相與國王一時五味雜陳，但沒有特別責怪我。

這下就算佐藤開著飛空艇，也可以說是在南洋——砂糖航線弄到的了。

「先前您說要販賣魔法武器，敢問是怎麼樣的武器？」

「這個呢──就給你們一點樣品吧。」

我送上魔劍與魔槍各五把，還有幾種魔法藥，當作樣品。

這些魔劍與魔槍是容易量產的第一代鑄造魔劍，之前在公都的地下拍賣會賣過，跟西門子爵炫耀給艾魯達爾將軍看的魔劍曉是一樣的東西。

魔槍的槍柄是以山樹枝加工而成，其他部分與魔劍相同。

「這、這是流通在歐尤果克公爵領，號稱魔力效率特化型的魔劍！」

「原來這也是無名大人所打造的魔劍啊。」

造型差不多，所以國王與宰相一眼就認出來。

「最近感覺魔族很多啊──國家應該需要這些來抵抗魔族吧？」

「當、當然！若是能讓幹練的騎士們取得如此優良的魔劍──」

宰相說到一半又頓住。

「──難、難不成您也要大量販售這把魔劍？」

「嗯。」

大量也沒多大量，打算各賣一百支吧。

「這也要給陛下跟國軍優先採購權？」

「請、請大人務必賞臉！」

宰相突然用僕從的口氣對我鞠躬。

「好啊——大批採購的話以陛下為優先。我想把武器打造成商會招牌，每個月賣那邊幾把行嗎？」

「遵、遵命，全照聖——無名大人吩咐。」

宰相還是忍不住想喊我聖王。

「我不打算當什麼軍火之王，所以不會賣打仗用的魔力砲還是大型魔巨人喔！」

「請放心，我等明白聖王用心。」

我先行聲明，看國王與宰相的樣子應該是沒問題。

至於直接喊我聖王這部分，就不管了。

「你們批貨的價格是多少？」

「祕銀魔劍是金幣三百枚，不對，應該需要五百枚吧。」

「不准。」

這真是敲竹槓。

「可是無名大人——」

「魔劍只有表面是祕銀合金，裡面是青銅，頂多只值兩百枚金幣吧？」

「無名大人，說到歐尤果克公爵所有的魔劍曉——」

聽說名門貴族需求若渴，重金懸賞，獎金大約是三百至五百枚金幣。

由於迷宮產的魔劍兩百枚金幣起跳，就性能來看，三百枚應該挺恰當。

「那我在商會賣的就這個價，至於賣給陛下的，一把兩百枚就好。」

畢竟生產成本一把才五枚金幣左右，而且一小時就能生產一百把，賺太多我也會過意不去。

「你要幾把？目前我有魔劍一百把，魔槍兩百把左右吧。」

我的弦外之音是你們用不到這麼多吧？但國王聽不懂，全包了，是一筆六萬枚金幣的大生意。

我的目的並非賺大錢，乾脆把這筆錢拿來投資希嘉王國產業好了？

接著提到進貢的魔法藥。

「真是怪異——不對，罕見的魔法藥啊。」

宰相盯著魔法藥的品項看，感覺十分稀罕。

我不賣戰鬥用的體力恢復藥或魔力恢復藥，只賣王都日常生活有需要的精力增強劑、滋養強壯劑、營養劑、生髮劑等等。

同時以樣品的名義，多送了點滋養強壯劑給國王與宰相。

「是啊，很和平吧。」

「聖王悲天憫人，表露無遺呀。」

「就說我是勇者無名啊。」

「明白明白。」國王點頭。

我也不想再訂正，先行告辭。

交貨方式是裝在大型飛空艇裡面交貨，也說好到時候再付款。

「那我先走了，我家商會的小朋友可能會來談生意，再麻煩你們啦——」

國王與宰相一口答應我的要求。

「無名大人……」

國王欲言又止，我學小玉歪著頭問：「怎樣～？」

「聽說魔王將於王國現身——」

「嗯，我有看到就幹掉他。」

如果對方表示友善，我也不會直接開打，但是回想起公都出現的「黃金豬王」以及之前碰過的上級魔族，我想應該還是會開打。

「有什麼可能會復活的地點嗎？」

「數個月前，迷宮都市賽利維拉險些出事，如今西方大沙漠又有如此預言。」

前者是綠色上級魔族暗中搞鬼，已經被我擺平；後面這則預言，是錯誤解釋了我跟都市核簽約的事情啦。

「了解，我會注意，你們有什麼新的情報，就告訴我家商會的小朋友吧──」

我逕自說完，就離開國王的廂房。

這下就能定期從國王與宰相那裡獲得資訊，但若沒有建立王都與迷宮都市之間的情報傳遞手段，意義也不大。

◆

「艾爾泰莉娜，這是主子要轉交給妳的。」

我將令牌與國王親筆寫的商業許可證，交給金髮貴族千金艾爾泰莉娜。

「這是手寫的許可證？」

「而且好像是國王親筆所寫，正式的商業許可證文書，日後會送到預定的店面去。」

「「「這、這是陛下親筆所寫的嗎！」」」

貴族女孩們大呼小叫，搶著往這邊看。

根據她們的說法，光是有張親筆寫的許可證，商會就鑲金了。

「那這面令牌呢？」

「這、這是！」

商人女孩抬頭看我，眼珠子都要蹦出來了。

「御用商人的證明，要去王城的時候帶在身上。」

「果、果然啊！」

商人女孩用手臂擋著臉，好像令牌會發出什麼看不到的氣場一樣。

——還真愛演啊。

既然越後屋商會開張大吉，就趁這個機會指派我的代理人吧。

「艾爾泰莉娜，我派妳當越後屋商會的掌櫃。」

「要、要我當掌櫃？」

「沒錯。」

往後應該會與國王、貴族做起更多生意，像她這樣博學多聞又熟悉貴族規矩的人，應該合適。

「妳答應嗎？」

「是，我必定赴湯蹈火，將越後屋商會栽培為希嘉王國第一大商會。」

艾爾泰莉娜已經準備好當掌櫃了。

其實也不必做到最大，但是有幹勁也不錯，所以我拍了她的肩膀，對她耳語說：「我對妳有信心。」

所謂時勢造英雄，往後我就別叫她金髮貴族女孩或艾爾泰莉娜，就叫她掌櫃吧。

「蒂法麗莎，文書跟帳房就交給妳，好好輔佐掌櫃吧。」

這裡的其他女孩就當是越後屋商會的候補幹部吧。

在迷宮都市留守的波麗娜跟斯密娜大姊也一樣。

「是！庫羅大人！」

蒂法麗莎威風凜凜，我將剛才跟國王與宰相交易的備忘錄交給她。

「庫羅大人，這是？」

「第一份工作。主子要把這些賣給國王與宰相，交貨由我來交，事務手續由妳來辦。」

蒂法麗莎看著文件內容，原本嫩白的臉逐漸變成蠟白。

「庫、庫羅大人？上面寫著大型飛空艇五艘，小型飛空艇二十艘，魔劍一百支，魔槍兩百支，是嗎？」

蒂法麗莎慢慢轉頭看我，感覺好像會發出嘎嘎聲。

「喔，抱歉，搞錯了。」

「——就是說啊。」

蒂法麗莎鬆了一口氣。

「其中一艘大型飛空艇是貢品，從營業額裡面扣掉吧。其他飛空艇的價格，就等貢品估價完之後再定價。」

我訂正之後，蒂法麗莎和後面聽著的眾人都愣住了。

是第一筆生意太大了嗎？

「不行啦！」

蒂法麗莎難得口氣激動。

「我沒有要以這個當業績目標好嗎？」

「業績？不對，不是這個意思。」

掌櫃出來替蒂法麗莎說話。

「這是說我們沒有能力銷售飛空艇或魔劍啊。」

「怎麼回事？」

有許可證，也有貨，還有什麼問題？

「光靠我們，無法保證強權貴族跟他國勢力搶不了這些貨品。」

——原來如此。

這我還真沒想過。

就算有國王撐腰，也擋不住那些遊走法律邊緣的低劣貴族進逼，更別提不理會國王威權的黑幫了。

「懂了，那麼飛空艇和魔劍暫時就由我來交易吧。」

當夥伴們討伐完「樓層之主」之後，或許應該把越後屋商會的幹部們帶去迷宮強化訓練，提升到三十級左右比較好。

總之在準備好正式護衛之前，先用土魔法「地隨從製作」做些石魔巨人跟石馬配備在商會裡吧。

「掌櫃，要麻煩妳在王都裡找個地方，可以打造大型飛空艇。」

每次都跑到波爾艾南森林去造船很辛苦，在王都裡面生產比較輕鬆。

而且與其我一手包辦，還不如把船體跟外裝交給造船工匠來得好，可以增加工作機會呢。

「明、明白了，那麼造船設備如何安排？」

「只要空間足夠就沒問題。」

建築物用土魔法兩三下就搞定了。

「之後交給妳。」

我對女孩們這麼說，然後背向她們打開選單的魔法欄。

「對了——」

突然想起有事要說，回頭開口，把她們都嚇了一跳。

「大概一個月之後，國王會賞我們一座貴族街的大宅。訂好的店面照用，新的大宅就用來跟貴族們做生意吧。」

「明白了。」

掌櫃安心地點頭。

看來大宅並不是讓她們吃驚的事情。

看反應這麼普通，我還有點失望，總之就使出歸還轉移回到迷宮都市。

＞獲得稱號「武器商人」。

＞獲得稱號「御用商人」。

希嘉八劍

「我是佐藤，我喜歡漂亮的大姊姊。更喜歡平時嚴肅正經的人，偶爾呆掉渾身破綻的樣子。這可以說是落差萌吧。」

「少爺～！」

有人喊我，回頭一看，紅髮的妮爾穿著無袖背心，汗流浹背地煎著章魚燒。

我對她揮手，跟夥伴們一同前往她的攤子。

「妮爾姊妳好，今天在飛空艇港口擺攤啊？」

「是啊！希嘉八劍要來迷宮都市，真是賺大錢的好機會啊！」

妮爾露出白亮的虎牙，看看四周，迷宮都市西邊的飛空艇港口真是人山人海。

聽說希嘉八劍今天從王都過來，要調查那則「將出現統治沙海的偉大之王」的預言。

迷宮都市位於盆地裡，四面環山，現在山那頭出現了大型飛空艇。

「妮爾仔，來一盒章魚燒，加美乃滋，不要海苔粉。」

「美乃滋是什麼？如果不加醬汁，就不好吃喔！」

「對喔，這裡還沒有美乃滋，那就加個醬汁吧。」

亞里沙馬上買了就吃。

肯定是看了小玉畫的招牌「流轉章魚燒」就嘴饞了。

「妞～？」

「小玉怎麼啦？」

「好像，怪怪～？」

「肉串，很好吃喲？」

獸人女孩們正大口吃著肉串。

蜜雅、娜娜、露露則是合買一份炸薯條當零嘴。

路邊攤的小吃，就算不餓還是會買來吃啦。

「哎喲喂～？潘德拉剛士爵也來接風啊？」

迷宮方面軍的狐將校手裡拿著烤雞串，跟隊長從人群那頭走來了。

「午安，我只是來看熱鬧的。」

「這樣啊，那我們也改來看熱鬧好了？」

「當然不行啊！你這個蠢才！」

隊長賞了狐將校腦袋一拳。

感覺好久沒看到這套路了。

「痛痛啦～？隊長太過分了，剛才隊長不是也說要觀光？」

「那是另外一回事，別以為你可以自己開溜啊。」

看來隊長是以將軍代理人的身分，要來迎接希嘉八劍。

「潘德拉剛士爵要是方便，一起來如何？我介紹希嘉八劍給你認識啊——」

「嗯，這個不錯。反正會來迷宮都市的應該是『雜草』海姆跟『割草人』盧歐娜吧。」

可惜來的就不是這兩個。

是說希嘉八劍可是國家代表，怎麼給這兩個人這麼難聽的外號呢……

「這麼一來，免不了要跟艾魯達爾將軍拚酒啦。不是在酒席上碰面，就是在路上碰面了。」

我婉拒酒席，但是強硬的隊長跟狐將校抓著我，硬是帶到迎賓隊伍的第一列。

迎賓特區用柵欄圍住，一般民眾無法進入，就連貴族也只開放來辦公的相關人等進入。

「佐藤閣下！」

人群那頭傳來稚氣的聲音。

是諾羅克王國的米提雅公主帶著巖之騎士來了。

容。

後面跟著太守三公子蓋利茲，領著一名太守護衛騎士，以及男女童僕。

「佐藤閣下也來迎接希嘉八劍？」

「是啊，金庫利閣下盛情難卻……」

米提雅公主笑盈盈，我請出無表情技能老師隱藏不情願的情緒，也回她一個燦爛的笑容。

「我等硬是要太守代理蓋利茲閣下陪同前來的。」

他們後面跟著中年官吏，之前來迷宮都市的時候有見過。

看來他才是真正的領路人。

「呃——嗯哼。」

蓋利茲帶了托凱男爵次子魯拉姆前來，他刻意清喉嚨吸引我的注意。

他是妮爾等人擺的迷宮前攤子的常客，還滿常見到他。

「潘德拉剛卿，探索家學校還沒開張嗎？蓋利茲大人相當擔心，還請解釋一下。」

「探索家學校，是嗎？」

「是，有貴族用的講座也行。」

魯拉姆後面的蓋利茲，貴族子弟，以及米提雅公主全都用亮閃閃的眼神盯著我。

記得公會長好像說過：「小國的公主跟太守的三公子，來問我什麼時候開貴族專用課程，還有什麼時候辦探索家學校呢。」

「各位何必專程等我開辦貴族講座？直接聘請講師到府上教課不就得了？」

就算我要開辦貴族講座，應該也是開給請不起講師的那些窮困下級貴族吧。

「那就沒意義啦。」

蓋利茲秒答。

「──意義？什麼意義？」

「聘來的講師只會拍馬屁，教些派不上用場的樣板劍法，不然就是賣弄自己的迷宮冒險傳啦。」

我發問，杜卡利準男爵千金梅莉安不屑地回答。

稱霸迷宮都市的貴族們，門下子女要聘講師想必會碰到這種事，要是隨便帶這些公子千金去迷宮裡，不小心受了傷，那可是天大的責任。

「對啦！聘佐藤閣下當講師就好啦！」

「米提雅大人真是好主意！士爵大人可是能打進迷宮深處的高手啊！」

米提雅公主提了個餿主意，梅莉安小姐也紅著臉贊成。

蓋利茲則是默默臭臉，偷看了梅莉安小姐一秒。

「沒、沒錯，潘德拉剛卿確實是赤鐵探索家。」

「應該適任的。」

蓋利茲帶來的一幫人也接連贊同，這樣下去可不妙。

「——這樣不行！」

沒想到蓋利茲以出奇強硬的口氣反駁。

但似乎只是一時衝動，喊完之後就愣住了。

「為什麼不行？」

「這是，這是因為——不行就是不行！」

隨行一幫人接連發問，蓋利茲只是衝動拒絕。

肯定是看到意中人的心在我身上，所以不答應。

「各位聽我說說吧？」

我對起內鬨的貴族子弟們喊話。

「話說我正在修行鍛鍊，要追隨傑利爾大人挑戰『樓層之主』，如今是夙夜匪懈，分秒必爭。擔任講師乃是一大榮幸，可惜我無法接受，還請各位多多見諒，多多海涵哪。」

我表現得好遺憾哪——好可惜呀——來婉拒講師職務。

最後的說法有點誇張，但是又沒人注意，也就算了。

「潘德拉剛卿，差不多要降落啦——」

狐將校在一旁奸笑看著，然後指著飛抵上空的飛空艇。

飛空艇在起落場灑下黑影，慢慢降落。

我們看著飛空艇，亞里沙突然拉了我的袖子。

『主人，小玉說發現可疑人物了。』

亞里沙遮著嘴，用空間魔法「戰術輪話」對我說話。

雷達上沒有紅色光點，但是小玉盯著的方向，有一群穿著灰色長袍，深戴袍上的兜帽遮掩樣貌的男子。

AR顯示這群人是巴里恩神國的商人。稱號包括「商人」「幕後推手」「魔王信奉者」，後面兩個稱號似乎都以妨礙認知系的道具隱藏起來。

另外所屬單位則包括「克多蘇商會」「自由之光」，後者也跟隱藏稱號一樣不開放。看來跟公都那個想讓魔王復活的魔王信奉集團「自由之翼」是同類吧。

最該擔心的是「能將人變成魔族」的短角與長角，但他們似乎沒帶。

根據地圖搜尋結果，他們在貿易都市塔爾托米納有據點，而目前似乎只有這八個人。

我將這群魔王信奉者一個個標記起來。

『小玉隊員，波奇隊員，頒布任務。』

「系！」

「是喲！」

小玉與波奇擺出咻比姿勢，答話活力充沛。

我對兩人擺出「嘴巴拉拉鍊」的姿勢要求安靜，繼續傳達指令。

『我會把那群躲在人群後面的灰色長袍男扔出去，等那批人摔暈了，小玉跟波奇就逮住他們。露露跟娜娜注意貴族子弟的安全，亞里沙跟蜜雅提高警戒，莉薩準備應付意外狀況。』

所有人都點頭，小玉和波奇偷偷鑽過群眾腳邊，在寬闊的地方待命。

『等飛空艇落地，大人物走下梯車的時候就動手。』

我猜那批人也會趁那個時候動手。

我使出空間魔法「眺望」，從高空確認局勢。

「領頭的是聖騎士啊——」

狐將校說得不錯，四名聖騎士先跑下梯車，在梯車底下列隊等待長官。

有一半的聖騎士，配備了我進貢給國王的鑄造魔劍樣品。

「姆姆姆，竟然不是海姆也不是盧歐娜，而是正經八百的赫密娜啊……」

隊長嘀咕一聲，被群眾的嘈雜聲蓋過。

同時我發現魔王信奉者們互使眼色。

『要動手嘍——』

我用「戰術輪話」發令，然後用「理力之手」接連抓住魔王信奉者們，往小玉和波奇待命的地點扔過去。

男子們發出慘叫，但被眾人的歡呼給蓋過。

大概只有看到他們被扔出去的人，以及希嘉八劍的赫米娜小姐，才注意到他們飛上天。

其中只有一個人有道具箱，所以我沒隨便亂扔，而是特地把他擺成無法順勢落地的姿勢，確定他會摔暈在地上。

要是他的道具箱裡藏了會把人變成魔族的「短角」或「長角」就危險啦。

——嗯？

「察覺危機」技能微微警告飛空艇方向有危險。

我才抬頭，雷達瞬間出現紅色光點。

光點就在赫密娜小姐正後方。

只見赫米娜小姐轉身。

一隻長滿硬毛的手臂狠狠揍飛了赫密娜小姐。

赫密娜小姐口吐鮮血飛上半空，緊接著有隻渾身硬毛，四十五級的中級魔族，撞破飛空艇艙門跳了出來。

「莉薩，跟我來！」

我不等莉薩回應就衝了出去，輕輕一跳接住赫密娜小姐。

「明白！」莉薩大喊，縱身擋住要追殺赫密娜小姐的硬毛魔族。

——ＧＷＯＯＯＯＲＬＹＥＥ。

長了六隻手臂的硬毛魔族，渾身銀亮，吼聲震天。

看來是使出了什麼提升防禦力的招數。

「……呃，是什麼？」

赫密娜小姐輕微暈眩，然後在我懷裡醒來。

——ＧＷＯＯＯＯＲＬＹＥＥ。

硬毛魔族再次咆哮。

「是敵人。」

腳下地面竄出石槍，我邊躲邊回答。

看來是硬毛魔族使用土魔法製造了石槍。

躲完之後，我將赫密娜小姐放在地上。

莉薩正在對付硬毛魔族，四名聖騎士也上前助陣，我用手勢吩咐莉薩退下。

「就是它從後方偷襲了赫密娜大人。」

「原來如此，你是我的恩人啊——《打開》。」

赫密娜小姐從道具箱裡，拿出之前看過的步槍。

「我就用希嘉八劍的戰技來報答你吧。」

「也讓不才幫點忙吧。」

「幫忙？」

我說，赫密娜小姐微笑。

「你真是個好人哪。」

要耍酷是沒關係，可是聖騎士們危險了啦。

聖騎士們的祕銀劍與魔劍無法穿透中級魔族的銀色毛皮，但魔族的巨爪卻像撕紙一樣扯裂聖騎士們的盾牌與盔甲。

看來那隻中級魔族擅長肉搏戰。

「潘德拉剛卿！那是中級魔族啊！在將軍跟公會長趕到之前快逃！」

我聽到狐將校大喊。

他後面的隊長正指揮貴族與民眾避難。

「——什麼？中級？運氣真差啊。」

赫密娜小姐退出原本上膛的子彈，從道具箱裡拿出另一發子彈上膛，那發子彈有漂亮的紅色寶石彈頭。

她舉槍，灌輸魔力。

我看著她準備，跟莉薩擋開硬毛魔族不時拋來的岩石砲彈。

「運氣真是差啊——」

灌注在步槍裡的魔力愈來愈強。

看來是打算出什麼大絕招。

「——誰叫你要跑來我面前呢？」

赫密娜小姐胸有成竹地手指扣上扳機。

「《擊穿》——水蝶槍！」

赫密娜小姐一喊《擊穿》，步槍周圍開始浮現水滴，然後呈漩渦狀繞著槍身不斷旋轉。

她一扣扳機，便射出電光石火的彈頭。

就像螺旋水滴幫助彈頭加速一樣。

一道藍色軌跡直衝硬毛魔族的腦門——

——然後被閃開了。

硬毛魔族在彈頭命中前一秒使出驚人反應，扭轉身體，犧牲一隻手臂而躲開致命傷。

——GWOOOOORLYEE。

「竟然躲得開那招──咦，變多了？」

赫密娜小姐先是皺起柳眉咒罵，但下一秒就愣住了。

硬毛魔族周圍出現了五隻長相一樣的魔族。

根據AR顯示，多出來的是硬毛魔族的分身，每隻三十級，全都是近戰專用技能組。

『主人，魔族增加了，沒事吧？』

『沒事，多出來的都是三十級的下級魔族。』

『那應該可以搞定，目前先以指揮民眾避難為主，可以嗎？』

『抱歉讓妳跑幕後，辛苦了。我跟莉薩會支援希嘉八劍。』

『遵命。』

我們用「戰術輪話」迅速分享資訊。

「混帳魔族！」

「多出來的也很強喔。」

「不是幻影嗎？」

「唔唔……」

硬毛魔族用分身一一對抗包圍自己的聖騎士，然後自己領了一隻分身往這裡──也就是往赫密娜小姐衝過來。

「我扛一隻。」

「別勉強啊。」

我開口，赫密娜小姐頭也不回就答應。

赫密娜小姐把水蝶槍扔回道具箱，拿出兩把手槍。

手槍前頭還裝著跟槍身一樣長的刺刀，真是有帥到，喚醒我失去的中二心。

「可別說槍手沒辦法打肉搏戰啊。」

硬毛魔族們迅速逼近，赫密娜瞄準目標不斷左右交互開槍。

看來是不至於靠後座力打人或彈跳啦。

這次的子彈沒什麼威力，硬毛魔族用手臂當盾牌就全部擋住了。

「你的對手是我們！」

分身上前連打，我用妖精劍架開，抓住分身的硬毛扔到莉薩面前。

順便看看聖騎士們的狀況，配備魔劍的兩人似乎對分身可以有效造成傷害，那我就用

「理力之手」支援另外兩人吧。

『莉薩，制住魔族的行動。』

『明白。』

莉薩揮舞魔槍，將倒地的分身釘在地面上。

另一方面，硬毛魔族揮拳打向赫密娜，我看她抬頭下腰驚險閃開。

「《再填彈》，穿甲彈！」

赫密娜小姐下令，兩把手槍就發光。

看來這就像槍戰遊戲，只要一個動作就能補彈。

何必這麼堅持實彈呢？用魔法槍就好啦。

赫密娜小姐以下腰姿勢，對準飛越頭頂的硬毛魔族，接連開槍。

——哇咧。

多發子彈命中引發男性同情的傷心點，硬毛魔族發出與之前不同的慘叫。

看來魔族的那邊也是弱點。

「主人！」

莉薩大喊。

只見一隻硬毛魔族分身撞飛一名聖騎士，衝向要避難的民眾。

巖之騎士跟太守護衛騎士應該能與魔族交手，但是他們光要護送眾人撤退就分身乏術，看來不能應付分身。

『偷偷來個「次元掃腳」。』

亞里沙使出無詠唱的空間魔法，絆倒了分身的腳。

「嘿！」

露露用火杖槍狙擊分身的眼睛。

分身也打算使出剛才硬毛魔族的超反應來閃避，但是被亞里沙的魔法絆了腳，無法全力迴避，被火彈燒了耳朵。

群眾後方又飛出帶有魔刃的苦無，刺穿分身一隻眼睛，另一隻眼睛被露露的第二發火彈打中。苦無應該是小玉射的。

——GWOGWORLYZEEE。

「盾擊，我這麼宣告道。」

分身慘叫，娜娜用圓盾撞擊分身的軀幹。

『那隻就交給妳們應付，隨便過幾招就解決它。』

『OK——我討厭放水，但是主人吩咐我就照辦啦。』

亞里沙用男子漢的口氣爽快答應。

那隻就交給她們吧。

我看另外一隻分身拋開聖騎士，衝了出來。

這裡一隻分身交給莉薩應付，我前去阻止衝出來的分身。

要是不小心使出縮地或瞬動可不好，真難拿捏。

尤其人命關天的時候更難。

「你的對手在這裡！」

我追上分身，用妖精劍往背上砍劈一記，分身轉身要給我一記後手拳，我閃開之後往空出來的側腹踢一腳，把分身踢到赫密娜小姐面前。

分身痛苦地在地上翻滾刨挖。

「《擊穿》——水蝶槍！」

赫密娜小姐改拿步槍，打穿分身的腦袋。

分身被我一踢，體力只剩不到一成，再挨一槍，就化為黑霧散去。

「不愧是赫密娜大人。」

「希嘉八劍在此，魔族何足掛齒！」

聖騎士看到分身消滅，個個士氣高張。

他們渾身沙土鮮血，傷痕累累，但鬥志似乎還沒消失。

「呀啊啊啊啊！」

赫密娜小姐才解決一隻分身，立刻吃了硬毛魔族一招，倒地不起。

才不過一擊，赫密娜小姐的血條卻降到一半左右。

硬毛魔族的利爪閃著紅光，追殺上去要取她的性命。

——不可以喔！

我用接近瞬動的加速，來到硬毛魔族旁邊使出飛踢。

或許是手下留情避免秒殺的關係，剛才使出超反應的硬毛魔族沒有被爆擊。

——GWOLYE。

硬毛魔族一個踉蹌，瞪我一眼，提高警戒擺出架式。

硬毛魔族單側三隻手臂虛弱下垂，身上的毛也不再閃亮銀光。

看來剛才的飛踢不是沒傷害。

——GWOOOOORLYEEE。

赫密娜小姐又從旁邊發射槍彈。

硬毛魔族以超反應保住腦袋，但是沒了銀光的手臂被輕易打穿，受到重傷。

看來赫密娜小姐有著紙糊的防禦力，但攻擊力很高。

「這裡交給我們，你們去護著赫密娜大人！」

「了解，可別死啊。」

兩名聖騎士的對話感覺很有死亡旗標，然後前來支援赫密娜小姐。

其實另外兩個聖騎士，這樣下去肯定會被分身殺死。

『主人，請恕罪。』

莉薩向我賠罪，我回頭一看，交給她應付的分身已經化為黑霧。

看來是沒能手下留情，不小心幹掉了。

『這裡也不小心幹掉了啦。』

亞里沙她們負責的分身，也跟莉薩這邊幾乎同時被消滅。

——正好。

『沒關係，妳們去扛聖騎士負責的兩隻分身，小玉跟波奇能來我這邊嗎？』

『迷問題～』

『壞蛋已經交給警察先生了，沒問題喲。』

根據地圖資訊，太守衛兵們已經包圍魔族信奉者集團。

那交給他們應該沒問題。

『露露，妳替娜娜保護亞里沙她們，娜娜也來找我。』

同伴們精神飽滿地答應。

「這裡由我們負責，各位快去支援赫密娜大人。」

「少亂來，它們可是魔族啊！」

「跟迷宮魔物有天壤之別啊！」

聖騎士們都很有風骨，不肯把分身交給前來馳援的我們。

「猩猩適合動物園，我這麼宣告道。」

娜娜毫不理會聖騎士，挑釁一句之後就引開聖騎士們面前的分身。

「來呀～」

「出招喲。」

小玉和波奇揮舞發著紅光的魔劍，像砲彈一樣撞爆了兩隻分身。

聖騎士們看了啞口無言。

「這裡沒事了。」

「啊，喔。」

「了解，交給你們。」

聖騎士們可能被剛才的景象嚇傻，馬上就答應了。

此時蜜雅的回復魔法發功，聖騎士們的傷勢迅速復原。

「感恩！」

「別死啊！」

兩個聖騎士這麼說了，趕往赫密娜小姐身邊。

剩下的敵人，就是跟赫密娜小姐交手的硬毛魔族，以及我們要對付的兩隻分身。

『娜娜拖一隻過來，讓亞里沙用火魔法解決，莉薩妳們別讓另外一隻逃走。』

我這麼指示，然後注意赫密娜小姐的狀況。

看來聖騎士們包圍硬毛魔族，阻礙它的行動，赫密娜小姐從後方開槍削減硬毛魔族的體力。

這些聖騎士渾身閃亮發光，看來是防禦系光魔法「光盾」和「光輪鎧」。

——GWOOOORLYEEE。

硬毛魔族噴發出「石筍」魔法，聖騎士們全都被撞飛，渾身是血。

「還早還早～！」

「這哪打得碎聖騎士之盾！」

聖騎士大吼一聲又上前線，好有毅力啊。

「莽撞。」蜜雅抱怨一句，還是用回復魔法幫他們療傷。

「「「■■　光盾！」」」

聖騎士們在自己的盾牌上施加光魔法「光盾」。

他們的等級只有三十二到三十七，想當坦克可不能只靠優秀的防禦系光魔法。

除了身上穿著一流甲冑，還具有「金剛身」「遁逃」等防禦系技能。

「賀夫，別急功近利啊！」

「拉卡斯才別顧著看赫密娜大人，用心打！」

「賀夫，拉卡斯，少廢話！」

——GWOOOORLYEE。

「魔族的範圍攻擊來了，預備！」

聖騎士們用光魔法與技能強化防禦。

他們好像會用希嘉王國的制式劍術，話說太守的護衛騎士先前讓我看過「櫻花一閃」，還以為他們也會用。不過他們不想自己攻擊，而是全心為赫密娜小姐製造攻擊機會。

我是可以依樣畫葫蘆重現「櫻花一閃」，但是發出來的魔刃刀片（也就是花瓣）變得又大又鮮紅，這就不是櫻花而是薔薇啦。

所以我想再看一次，確認跟自己的招數有何差別。

後方傳出一聲巨響，還撲來一陣熱風，回頭一看，一隻分身被亞里沙放火燒成了一團黑霧，消散不見。

另外一隻碰到不懂手下留情的波奇，也是要死不活。

「主人！」

順風耳技能在巨響之中聽到亞里沙的吶喊。

眼前正是硬毛魔族，高舉一邊的三隻手臂就要打來。

看來我分心的時候，瞬間被逼近了。

「——櫻花一閃。」

糗了。

剛才都在想必殺技「櫻花一閃」，結果手滑就使出了有樣學樣版的招數。

妖精劍飄散出薔薇花瓣一般的鮮紅光片。

眼角可見硬毛魔族的血條迅速減少。

「《擊穿》——魔彈流殺！」

赫密娜小姐的必殺技剛好達陣。

兩發光彈連擊，螺旋轉進還拖著閃亮粒子，打爆了魔族的後腦勺，真是華麗的一招啊。

無頭的硬毛魔族倒在地上，化為黑霧消失。

夥伴們對上的分身，在本體消滅的同時也消失了。

好啦，該怎麼辯解這個「櫻花一閃」呢？

◆

「謝謝，得救了。我是赫密娜·基里克，擔任希嘉八劍。」

赫密娜小姐從道具箱裡拿出外套披上，遮掩打到殘破不堪的服裝。

「幫得上忙是我的榮幸。我是穆諾男爵家臣，名譽士爵佐藤・潘德拉剛。」

赫密娜小姐打得滿頭大汗，還是開朗地對我打招呼，我也回禮。

赫密娜小姐聽了目瞪口呆，似乎相當意外。

要是隨便亂問尷尬了也不好，所以我從萬納背包裡拿出吸水力超強的小毛巾給她，等她繼續說下去。

「謝謝，你說穆諾，就是那個穆諾領的穆諾？」

她很機靈，沒有提到穆諾男爵領的蔑稱「被詛咒的領地」，我也誠實點頭。

「正是，勇猛的穆諾男爵排除了領地內的詛咒。」

我順便告訴她，「不死之王」賽恩確實痛恨前任穆諾侯爵，對穆諾領地下了詛咒，但已經被解除了。

根據她的姓氏，應該是王領貿易都市塔爾托米納東南方基里克伯爵領的人。話說她是希嘉王國的招牌希嘉八劍之一，應該有相當的影響力，期待她有效地把資訊擴散出去。

「你是穆諾男爵領的騎士？來迷宮都市買魔核的嗎？還是想來當探索家？」

「我不是騎士，只是待在這裡跟夥伴們修行。」

聽來好像在盤查我，但她沒有惡意，我就老實回答。

「聖騎士們都還好嗎？」

「還好，你的夥伴在戰鬥過程中幫忙療傷，而且他們都有練過，壯得很。」

聖騎士們在戰鬥結束後已經傷痕累累，所以跟他們一起來的加雷里恩神官（看起來膽子很小）正拚命施放治療魔法。

「而且潔妲神官的法術在王都可是赫赫有名，交給她就好——」

赫密娜小姐突然頭暈，我連忙扶住她。

手上摸到一陣濕氣。

還以為是流汗，但是看看手心一片鮮紅。

「好重的傷啊。」

「沒什麼，傷口幾乎都用光魔法制住了。」

她嘴上逞強，但ＡＲ顯示看得出她的血條還是只剩三成左右。

吃了回復魔法還這麼慘，代表戰鬥中流了不少血。

「那些男的是誰？」

赫密娜小姐發現衛兵們逮到的魔王信奉者集團，我跟她一起過去。

「潘德拉剛卿辛苦啦！大功一件啊——」

狐將校就在衛兵旁邊。

「查出是什麼人了嗎？」

「哎喲喂～？我以為你知道他們是魔王信奉者才會逮人的說——」

「——魔王信奉者？潘德拉剛士爵，你知道這件事？」

狐將校一開口，赫密娜小姐立刻敏感插嘴。

來迷宮都市調查魔王相關預言，又聽到這裡有魔王信奉者，哪有不吃驚的道理。

「哪裡，我只是覺得這幫人可疑，監視之後發現他們打算扔什麼藥，就把他們抓住了。」

「是喔。」

看來我的回答不符她的期望。

艾魯達爾將軍和公會長趕到，我向兩人解釋狀況，並決定一同將魔王信奉者們押回太守公館，向太守解釋清楚。

「——原來如此。」

「不愧是潘德拉剛卿，我與有榮焉哪。」

向太守夫婦說明完畢後，太守夫人像當自己的事情一樣開心。

艾魯達爾將軍和公會長跟著來到太守公館，聽我說完滿意地點頭。看來我這個年紀輕輕的酒友大放異彩，讓他們與有榮焉。

「那這個中級魔族，是從哪裡冒出來的？」

「根據目擊者的報告──」

太守發問，赫密娜小姐回答。

目擊者指出，飛空艇上有個奴隸在道具箱裡藏了顆紫色的蛋，奴隸突然把蛋拿出來一砸，現出一道魔法陣，魔族就出現了。

「奴隸應該有主人吧？抓到沒有？」

「是，已經跟奴隸們一起抓起來了。」

跟那批魔王信奉者一起，關在太守公館地下一座能封住魔力的牢房裡。

「──太守閣下。」

一名太守護衛騎士趕到太守身邊，耳語幾句。

「強制打開『寶物庫』的鎖之後，發現裡面確實有『角』。」

角──就是會把人變成魔族的短角或長角嘍。

「是短的？」

「不只，還有一隻長的，短的大概五支。」

兩人交頭接耳，我用順風耳技能偷聽。

──幸好趁早解決掉了。

要是在那種狀況下，群眾裡冒出一隻中級魔族跟五隻下級魔族，想隱瞞實力又沒人犧牲就難兩全了。

「奸賊身分查透沒有？」

「借用太守大人的大和石一查，發現他們屬於盤據大陸西方的魔王信奉集團『自由之光』。」

大陸西方——勇者隼人正在那邊活動，應該會幫我調查魔王順便擊退那批人吧。

「是嗎……沒想到其他國家的奸賊混進來了。」

「難道就沒人頂替波布提瑪了嗎……」

太守夫婦苦著臉說。

波布提瑪前伯爵是負責情治的前任綠貴族——少了這人可是個大空缺。

「是有什麼新的情報嗎？」

就在太守夫婦說到一個段落的時候，赫密娜小姐開口了。

太守夫人把赫密娜小姐、艾魯達爾將軍、公會長三人叫上前，轉達剛才的情報。

「真是千鈞一髮啊，如果當時還有更多中級魔族與下級魔族，就算我捨命也沒把握打贏了。」

「呵呵，潘德拉剛卿拯救了都市迷宮的危機，還間接救了希嘉八劍的赫密娜殿下，真是了得。」

太守夫人十分開心。

看來下一場茶會就是聊這個了。

「是啊，有了這等本事，薦舉他加入希嘉八劍也是有可能。」

赫密娜小姐一句話，她手下的聖騎士和太守的護衛騎士們，立刻驚呼一片。

看來薦舉加入希嘉八劍非同小可。

「哎呀。」

「嗯。」

太守夫人和艾魯達爾將軍了解我的想法，所以用眼神問我：「怎麼打算？」而公會長則是賊笑，打算晚上拿這個話題下酒。

「——難道，你不希望獲得薦舉？」

我想著該怎麼回絕，使出「無表情」技能裝得若無其事，但是赫密娜小姐看穿了。

「怎麼會呢？」

「希嘉王國的武人不可能拒絕。」

「所言甚是。」

「他可是這樣一個連鎧甲都不穿就衝到中級魔族面前的戰鬥狂，是不是？」

聖騎士們接連否定赫密娜小姐的說法。

我有點想抱怨最後那個人，不過還是先同意赫密娜小姐。

「……怪人一個。」

赫密娜小姐這話沒禮貌，但大官們紛紛點頭。

不求功名有什麼不好？

◆

「天氣真好啊。」

事發三天後，我送赫密娜小姐一行人前去沙漠進行調查。

事發當天，王都都布恩男爵家（砸紫蛋召喚中級魔族的奴隸，以及奴隸的主人就是隸屬這家人）遭到抄捕，查出是巴里恩神國籍的商人將紫蛋交給都布恩男爵。

我變身為勇者隨從庫羅，將貿易都市塔爾托米納的魔王信奉集團「自由之光」據點一網打盡。

逮捕他們的時候，我學到了大陸西方四個國家的語言技能，包括「巴里恩神國語」，所以「自由之光」在大陸西方的勢力範圍應該很大。

看來在大陸西方觀光時，似乎該先掃蕩「自由之光」的黨羽比較好。

總之我們阻止了魔王信奉者在魔宮都市的某個企圖，至於企圖的內容，就交給王都的專家去調查吧。

殘忍的刑求，還是交給專家就好。

「宿醉加上大太陽，頭痛啊。」

一個聖騎士用手遮著陽光，氣呼呼地瞪著太陽。

「多謝潘德拉剛卿昨天的招待。」

「嗯，我老想說蘭姆酒是船員喝的老粗酒，沒想到那樣好喝。」

「伊修拉里埃的利口雞尾酒也非常棒。」

「……潘德拉剛卿，下次我可不會輸，目前希嘉王國第一酒豪的稱號『酒仙』就先讓你保管了。」

艾魯達爾將軍主辦的酒會，讓我跟聖騎士們打好關係，他們現在才會找我聊天。

有人似乎頭痛難耐，但可別去關心他。

而且「酒仙」的稱號我已經有啦。

「不敢當，等大家調查結束回來，再一起喝酒吧。」

「那真是令人期待啊。」

看來這個世界的軍人不論高貴還是低俗，大多還是愛酒，所以靠酒交際相當有效，真是太好了。看來我可以聽說不少聖騎士團的消息，並且透過他們打聽其他騎士團。

「喂！對面已經談完啦！」

赫密娜小姐向太守夫婦跟艾魯達爾將軍打完招呼，回到聖騎士團這邊來。

「潘——」

赫密娜小姐發現我要叫我的名字，突然臉紅就轉頭過去。

她這個人酒量不好又有抱人癖，昨天晚上的酒席又被公會長陷害，一口氣喝了不少高度數的酒，在酒席之間一直纏著我不放。

應該是因此感到害羞吧。

對我來說，只是被美女黏著不放，所以不在意。

我在公都也曾被酒醉的勇者隨從琳格蘭蒂小姐纏過，讓我不禁要想，我的長相是不是容易被酒醉的人纏上。

「赫密娜大人，這是餞行的禮物。」

「這是水袋？」

昨天的酒席上說好，調查沙漠不用飛空艇，而是先搭飛空艇到沙漠入口，再轉搭像是帆船遊艇的沙船，所以我準備了補充水分的工具。

「哇啊——送『清泉水袋』可真是大手筆啊——」

重裝備的狐將校看了大吃一驚。

迷宮都市的魔法道具店，有賣這種迷宮探索家用的魔法道具。

我把裡面的水石換成水晶珠，比一般市面上的款式更持久，而且魔力轉換效力更高。

「而且人人有份啊——得救啦——」

狐將校拿起一只水袋，用臉磨蹭。

他是大沙漠的導遊，要跟希嘉八劍一行人的調查隊同行。

狐將校在昨天的酒會上感嘆：「為什麼我這個軍方審議官要當導遊呢！」隊長毫不留情賞他一拳說：「囉嗦！因為你對大沙漠最熟！」

狐將校節哀順變啊。我轉頭望向赫密娜小姐。

「大沙漠裡沒有水源，請帶著以防萬一。」

「感謝潘德拉剛卿。」

赫密娜小姐接過水袋的同時，握住我的手。

然後湊過來對我咬耳朵。

後面的夥伴們看到這一幕，亞里沙跟蜜雅互問：「外遇？」但我想堅持自己是無辜的。

因為我的情人只有波爾艾南森林的高等精靈，雅潔小姐而已。

「潘德拉剛卿，我每天正午會用魔法道具，往西邊山頭上的瞭望塔傳送定時訊號，要是沒收到訊號，代表我出了事——應該是碰到魔王被擊敗了吧。就算有人委託你探索，也千萬要拒絕，立刻逃去王都拜託希嘉八劍首席，祖雷堡大人。」

赫密娜小姐一口氣說完，就轉身離開，走上飛空艇的梯車。

看來她打算當「礦坑裡的金絲雀」。

「……好吧，反正根本沒有什麼魔王就是了。」

我看著飛空艇升空，喃喃自語。

我已經受夠了魔王跟魔族，希望不要再出現。

但是為了夥伴們的安全，是不是應該先去迷宮下層確認看看？

選拔大會

「我是佐藤。我認為通過一場考試並不是目標，而是一個里程。考完可不能精疲力盡，因為輸贏才正要開始。」

「只要帶上我們『鷹喙』，討伐『樓層之主』簡單輕鬆好嗎？」

「赤鐵探索家『孤高』加斯特大爺說要幫忙！有哪裡不滿意的！」

「請務必讓在下加入潘德拉剛士爵的討伐隊！」

大宅外面聽見眾人呼喊的聲音。

送走希嘉八劍赫密娜小姐的隔天，人們聽說我們要去討伐「區域之主」的消息，搶著來毛遂自薦。

有很多赤鐵探索家，但是正在跟「樓層之主」交戰的傑利爾，跟他的對手薩里貢已經把高手都帶走，所以這裡剩下的大多本領都不太高強。

偶爾是會有本領高強的人在裡面，不過這種人的脾氣通常有問題，所以希望這些人一樣可以打道回府。

想著往事，聽著屋外的爭吵聲，突然靜下來了。

應該是太守夫人派來巡邏的衛兵們，把這些麻煩人物趕走了。

「主人。」

亞里沙敲敲門，走進我的辦公室。

「工匠替我們在探索家學校預定地掛起遮蔽布幕了。」

「知道了，謝謝。」

探索家學校的校舍跟宿舍，我打算趁深夜用「石製結構物」魔法來建造。

原本的地面建物，我打算用土魔法把連地面一起刨掉，再用「空間切斷」截下來放進儲倉。

訓練用的操場，用「土牆」魔法可以輕鬆整平，我打算在建校舍的時候順便完成。

「主人在畫什麼？」

「預定實習區的地圖啊。」

為了探索家學校的實習課程，我打算把靠近迷宮入口，人煙稀少的第十一區域開墾起來，所以要畫地圖。

說到第十一區域，就是諾羅克王國的米提雅公主，跟太守的三公子蓋利茲被迷賊王魯達曼攻擊的地方。

那區出沒的一角飛蝗和岩頭蜂號稱騎士殺手，相當危險，更有兵螳螂與戰螳螂四處遊蕩，所以很少有探索家拿這個危險地區當主場。

「哇，這麼細？一角飛蝗跟岩頭蜂的分布圖，巢穴位置，連螳螂團的徘徊路徑都畫了。這個符號是水源——嗯，還標出打算建造休息站，還有可以住宿的安全地帶嗎？」

亞里沙隨便瀏覽一下地圖，就忍不住驚呼。

「還好啦，這個地方是可以當天來回打獵，但是移動時間就很長了。」

「嗯——這不算小規模的迷宮村，應該只是客棧等級吧？」

「沒必要刻意把規模搞大吧？」

配置管理員會有危險，我只打算建造一個山屋等級的設施。

「但是為什麼要畫這麼詳細的地圖呢？」

「要給帶實習的教官拿著，我也希望亞里沙妳們可以把這個獵場的魔物分得開一點。」

「這是沒關係，那主人呢？」

「趁妳們在開墾的時候，我打算去調查迷宮下層。」

我此話一出，亞里沙顯得有些擔心。

「該不會又要自己去做危險的事情了吧？」

「不會啦，只是要調查迷宮下層有沒有魔族或危險生物而已。」

「那就好……」

「我不會做危險的事情。」亞里沙不甘願地點頭，我摸摸她的頭，又答應一次。

感覺好像要立旗標，但我不想碰到傷心事，所以盡量說到做到。

◆

「那我出發啦。」

「小心喔。」

我在迷宮第一區域的岔路上，向夥伴們道別。

給亞里沙看過地圖的隔天，我帶著夥伴們、沙珈帝國的武士卡吉羅先生與綾女小姐，還有預定擔任探索家學校講師的「美麗之翼」等人，來到迷宮之中。

除了我之外的人，都是為了開墾探索家學校的實習場地。

卡吉羅先生同時要復健，並栽培「美麗之翼」的成員。

昨天我將預定實習區的地圖交給亞里沙，讓她用空間魔法「眺望」和「遠耳」確認實際地形與魔物狀態，就算我不在應該也不會迷路。

「——咦？」

「少爺不一起來嗎？」

「士爵大人，單槍匹馬太危險，讓我隨行吧。」

「卡吉羅大人要去，我也去。」

不知道內情的四個人，口口聲聲擔心我的去向。

「沒問題，就算只有我一個，碰到普通魔物還是打得贏啦。」

「士爵大人再高強，也是大意不得。請務必帶上一人隨行。」

卡吉羅先生這麼說，我開始考慮。

我的事情很快就辦完，然後打算去公會辦幾道手續。

最好是帶亞里沙或莉薩同行，但是亞里沙負責看地圖，而且有莉薩陪著大家，碰上緊急狀況格外安心。

「那就麻煩露露當隨扈吧。」

「啊，遵命！我會努力！」

卡吉羅等人看了身穿女僕武裝的露露，表情好像寫著：「為何哪個不挑，要挑女僕當護衛？」但是莉薩說：「有露露陪著就放心了。」其他人也就不多說了。

我跟其他人道別，然後跟露露走了一段路。

「露露，披上這個。」

「這是──會變透明的斗篷對吧。」

我點頭，這正是之前在都市核的隔離空間庫找到的透明斗篷，露露披上之後我也披上。

我跟隱形的露露，前往第一區域入口側的大空間。我能看穿幻影，所以看得見露露，但露露看不見我，所以我得牽著她的手移動。

穿過迷宮方面軍駐紮地的時候，我就抱起露露使出縮地，抓準時機過門。

接著使用天驅，沿著大豎坑一路往中層下去。

「怕嗎？」

「跟、跟主人在一起，就不怕。」

露露盡力逞強，我掀開透明斗篷對她微笑，然後以天驅緩緩下降。

途中發現探索家正拚命操作升降機，這座豎坑直達迷宮下層，但是那座升降機只到中層。

過了中層再往下降，沒多久雷達顯示就變了。

「看來下去就是下層了。」

「這裡就是，迷宮下層……」

露露聽我這麼說，顫抖地回應。

我摸摸露露的頭要她放心，從魔法欄選擇「探索全地圖」。

接著設定幾個條件來搜尋地圖，確認結果之後鬆了一口氣。

——還好，看來沒有魔王或魔族。

我現在的攻擊手段遠比上次魔王戰更多，就算倒大楣碰到多個魔王，應該也不會占下風，但是我這個人不喜歡浴血奮戰，留下傷心往事。

除非朋友碰到生命危險，否則我是不會靠近它們。

——機會難得，再調查看看好了？

我試著用地圖搜尋比較強的敵人。

下層跟上層或中層不同，並沒有「區域之主」，但是看來有不少強敵。

其中像是最高八十級的邪龍家族，還有超巨大植物系魔物，等級高達九十九的「太古根魂」，在上層或中層根本看不到。看來下層是頗凶殘的。

這些魔物的棲息地都是封閉地形，無法外出，湧穴通道也小得擠不過去，所以只要支配迷宮的「迷宮之主」不想鬧事，我們也不必主動去招惹。

剛才找到的「太古根魂」位於迷宮下層最深處，應該是迷宮終點。

最深處的區域叫做「試煉之間」，感覺「太古根魂」就是大魔王，打敗之後應該會出現「迷宮之主」。

搜尋地圖並沒有發現「迷宮之主」，或許在其他空間裡吧。
順便搜尋有沒有轉生者或魔王信奉者，當然是沒發現。
「好，調查結束，露露，我們回地面吧。」
「好，好的。」
露露一頭霧水，我對她說了就沿著豎坑上升。
原以為魔王或魔族會潛伏在迷宮下層，現在證實虛驚一場，也沒必要久留，我們就回到迷宮都市去了。

◆

「選拔大會？」
「是，我想舉辦一場探索家學校公費生的選拔大會。」
公費生在三個月的訓練期間免學費，免雜費，免伙食費，還提供住宿。
「佐藤，你不是正要準備挑戰『樓層之主』嗎？」
「是，正在準備，不過夥伴的實力不足以迎戰，我想讓大家多修行一下。」

除非夥伴們都達到五十級左右，否則不能讓她們挑戰「樓層之主」。

「這樣啊，慎重是好事。我已經看過好多蠢蛋，成功討伐『區域之主』就得意忘形，結果被『樓層之主』給全滅了……」

公會長罕見的哀愁起來。

「那麼，可以舉辦選拔大會嗎？」

「這不需要我批准啊。你應該已經取得太守批准了吧？我會特別在公會門口跟訓練所，公告徵人參加選拔大會。」

哎呀，還沒拜託就被批准了。

「多謝公會長。」

「喲，謝我別用講的，來幾道好菜吧。」

「之前獵到了迷宮兔，來桌兔肉全餐如何？」

「那可真不錯，我會買一大堆麥酒跟便宜的紅酒等著。」

看來這次餐會的酒錢是公會長負責了。

公會長祕書官烏夏娜小姐靜靜地辦著公文，聽了這話也微笑要求：「我想吃鹹酥炸兔肉。」

看來認真的她也稍微被公會長傳染了。

我一口答應下來，前往櫃檯辦手續，要在公會告示板上貼出舉辦選拔大會的公告。

「——公告內容清楚了，用最大的版面可以嗎？」

我點頭同意櫃檯小姐。

看來公告費用取決於版面大小與公告期間。

講習會跟徵求卷軸的公告，我都是連報酬一起申請，還真沒注意過這件事。

「喔喔，潘德拉剛少爺要成立探索家學校啦。」

一名皮膚黝黑光亮的男子，說了就往櫃檯小姐手邊看。

「啊，等一下啦！請不要坐在桌上！」

「失敬啦——」

櫃檯小姐抗議，男子隨口道歉，回頭看了我一眼。

「——在下是吟遊詩人沙里修沙斯，聘個吟遊詩人四處朗誦公告內容，您意下如何？」

看來他是要求職的。

我瞥了櫃檯小姐一眼，她微微點頭。

看來這應該不是什麼問題人物。

「那就麻煩你了。」

「多謝賜教，朗誦期間到後天深夜為止可以嗎？」

「好，就這樣辦。」

三天後的早上舉辦選拔大會，有宣布這段期間應該就夠了。

「根據內容看來，我應該是繞著公會門口，訓練所門口，露天市場，迷宮門口幾個點宣傳就好。小姐，能不能給我一張宣告內容的紙條？再借我塊告示牌到後天吧。」

他兩三下就決定了宣傳程序，又說一句「收您兩枚銀幣」，看看我的意願。

「麻煩你了。」

「喔喔，少爺不喊價，果然明白吟遊詩人的價值。」

我給他兩枚銀幣，他笑著這麼說，態度有點誇張。

如果我是女的，應該會被他的笑容迷倒。

「這就包在我身上，必定讓選拔大會人山人海。」

不用不用，大概三十個人就夠了。

我目送吟遊詩人扛著告示牌，意氣風發地走出門。

「這麼說來——」

跟我一起目送吟遊詩人的女職員，慢慢開口。

「——之前士爵大人掛心的孩子，我查到名字了。」

「紫毛的犬人小孩？」

「是，名字叫做克洛——」

職員說了名字之後，欲言又止。

看來是不知道該說些什麼。

我趁機用「克洛」的名字搜尋地圖，但是完全沒結果。

不僅搜尋迷宮都市，賽利維拉迷宮，就連整個國王直屬領地跟大沙漠，都找不到。

「……不見了。」

困擾的職員對我這麼說。

「不見了？」

「對，我在西門附近看到那個小孩，上前問了名字——」

結果小孩看也不看職員一眼，只說了聲「克洛」之後，就像殘影般煙消雲散。

「或許是什麼幽魂吧。」

那難怪我的地圖找不到。

我向職員道謝之後離開西公會。

接著帶露露去辦幾個舉辦選拔大會所需的手續，在日落之前前往迷宮，與奮鬥中的夥伴們會合。

◆

「佐藤。」

無聊的蜜雅發現我們來會合，整個撲到我懷裡。

「辛苦啦～開墾很順利喔。」

亞里沙也顯得無聊。

眼前是波奇與莉薩削弱了岩頭蜂的體力，由「美麗之翼」的伊魯娜和捷娜下尾刀。

卡吉羅先生和綾女小姐是跟娜娜一組，正在通道遠處獵螳螂。

「再來～？」

小玉拖了三隻一角飛蝗回來。

「真、真假？」

「等等，還打不贏啦！」

「快喔～？」

伊魯娜和捷娜哭訴，小玉無情地催她們動手。

我有借她們兩個自己手工打造的祕銀合金長劍，靠她們倆的技術，也能輕易劈開魔物的堅硬外皮。

「波奇，跟小玉一起去削弱下一批魔物的體力。」

「好喲。」

波奇原本用劍把岩頭蜂的翅膀釘在地上，聽我吩咐就拔劍，跟小玉一起去砍斷一角飛蝗的腳和後腿。

「再來一碗～」

伊魯娜和捷娜才剛打倒岩頭蜂，又有隻要死不活的一角飛蝗被扔到兩人面前。

莉薩壓住一角飛蝗，催兩人動手補刀。

預計要這樣循環到兩人升上二十級，然後與魔物正常交戰，鍛鍊技術。

「升級量發生幾次了？」

「才兩次，差不多要第三次了，今天就到此為止吧。」

兩人今天早上才九級，現在已經十七級了。

根據規劃，兩人必須升到二十五級左右，才能負責探索家學校的實習課。

三十級之前需要的經驗值不多，應該可以輕鬆升級。

「——我今天深深體認到，自己是個凡人啊。」

「我也是。」

伊魯娜和捷娜一臉憔悴，說話有氣無力。

今天的升級活動結束，大家正在我跟露露準備好的營地吃晚餐。

跟我們這夥人跑一趟驚天制壓之旅，似乎是一種文化衝擊。

其實今天算客氣了，不過對普通人來說似乎還是太強。

「放心吧，我也這麼想。」

「我也是。」

卡吉羅先生與綾女小姐也附和。

這兩位也是精疲力盡了。

「我們有準備熱水澡，睡覺之前請先洗個清爽吧。」

不過我們有保持低調，沒從儲倉拿出洗澡桶或是我跟亞里沙用魔法做出洗澡桶之類的。

「在迷宮裡泡澡？」

「這是好事一樁，不過既然要停留三天，最好節約用水和燃料。」

卡吉羅先生瞪大眼睛，綾女小姐為難地提供建議。

「對，對啊，有熱飯菜吃就夠了。」

「這麼好吃就夠奢華啦。」

伊魯娜和捷娜也沒有異議。

這麼說也是，正常來說哪有人會運那麼多水跟燃料到迷宮深處呢？

「洗澡很舒服喲。」

「洗滌生命～？」

波奇跟小玉就不太懂，繼續推薦大家泡澡。

「波奇，小玉，沒人知道迷宮裡會出什麼事，隨便卸下裝備可是會要命的。所以等回到地面上，再好好泡個澡吧。」

卡吉羅先生這麼說，但小玉跟波奇糊塗歪頭。

因為平時我們闖蕩迷宮，晚上都會在別墅裡泡澡。

「有蜜雅的魔法可以戒備，沒問題。我也準備了魔法道具可以泡澡，各位放心。」

我這麼說，從萬納背包裡拿出大木桶，灌滿熱水給大家看。

當然還要繼續點火加熱，不過卡吉羅等人看了總算接受。

還有，女性成員泡澡時會由我和卡吉羅先生殲滅接近的魔物。

「士爵大人，我本來想幫您討伐『樓層之主』的。」

卡吉羅先生緩緩開口，邊從魔物體內拔出魔核。

先不提綾女小姐，四十級的卡吉羅先生應該可以參加「樓層之主」戰役才對呀。

而且他情深義重，就算發現我夥伴們的實力，應該也不會透露出去。

「卡吉羅閣下──」

「我懂，其實今天旁觀大人栽培『美麗之翼』二人，又與娜娜閣下同行對付螳螂群，我就更明白了。」

要參加嗎？我本來想這麼問，但卡吉羅先生打斷我接著說。

「我等實在追不上士爵大人一行。不是我自誇，全盛期或許不成問題，但現在一身懶散筋骨，肯定只會當個拖油瓶。」

卡吉羅先生十分懊惱。

他的尊嚴肯定無法接受寄生吸經驗的行為。

「不必心急，卡吉羅閣下來日必定能成為希嘉八劍那般的武師。」

「……那我就好好努力，哪天當個讓士爵大人引以為傲的武師吧。」

卡吉羅先生發下豪語，開始在房間角落練起招，氣勢驚人。

我就看著他練招，直到愛泡澡的夥伴們洗好為止。

◆

「大家想當探索家嗎～？」

「「「想──！」」」

亞里沙拿著擴音魔法道具，喊得迷宮都市外牆都發出回音。這裡是迷宮都市北門的臨時帳棚。

亞里沙面前聚集了三百多個孩子，想當探索家學校的公費生，可見我聘來宣傳的吟遊詩人相當有本事。

放眼看去男女比例七比三，男生較多；種族的話是亞人對人類六比四，人類意外地少。絕大多數孩子是國中生年紀，少數是小學生，甚至有中年人來參加。

我是鎖定探索家之外的貨運工，以及沒工作的小孩，但是也有領木證跟青銅證的小孩。而且有我的熟面孔。

「少爺！偶們一定費當上公費生！」

兔人族男孩烏沙沙跟他的夥伴們對我大聲宣告。

赤鐵探索家「業火之牙」薩里貢一夥人要去討伐「區域之主」的時候，我認識了這些孩子，他們當時被壞探索家貝索欺騙，差點小命不保，被我給救了回來。

「──聽好！」

站在亞里沙身邊的「美麗之翼」伊魯娜，不拿魔法道具，光靠自己的嗓門對孩子們解釋選拔過程。

在我身邊的烏沙沙少年團，跟其他孩子一起往前看去。

「現在開始，進行潘德拉剛士爵主辦的探索家學校公費生選拔考試！」

伊魯娜即將從中選出自己的第一批學生，幹勁十足。

證據就是她不負責教導戰技，卻穿了一身防具。

話說「美麗之翼」兩人目前的裝備，是我以螳螂系材料打造而成，送給兩人當二十級紀念品，她們高興地跳了起來。

因為螳螂裝備在迷宮都市可是老手的證明。

「避免有人誤會，我要說清楚！通過這場公費生選拔考試的人，並不會被潘德拉剛士爵大人帶去討伐『樓層之主』，有這種念頭的人立刻離開！」

伊魯娜此話一出，有不少探索家慚愧地離開了。

看來他們以為在此展現本領就會被我相中。

「要從各位之中選出十八人，先選腳程快的六人。在迷宮裡，腳程快的人要成為斥候，是吸引魔物的重要角色。我一吹哨就起跑，繞賽利維拉外牆跑一圈，前六名及格。」

亞里沙吹起哨音，孩子們接連起跑。

有人被別人絆倒，有人被自己絆倒，五花八門，但共同點是即使摔得一身塵土，也不會掉一滴眼淚，靠自己站起來繼續跑。真是了不起。

小玉跟波奇也莫名跟著一起跑，可能是被孩子們吸去了。

「主人，我們也出發了。」

「主人，進入車手模式，我這麼報告道。」

騎馬的莉薩跟駕馬車的娜娜，跟在孩子們後面出發。

她們負責回收半途倒下的孩子們。

另外想從南門抄捷徑的作弊行為，會由下城地頭蛇「泥鰍」史考畢等人來取締。

等待結果挺無聊的，所以我用「眺望」魔法觀察長跑的孩子們。

途中兩個孩子貧血倒地，還有許多孩子半途累垮，都已經被娜娜的馬車回收了。

「好像回來了。」

露露用瞄準鏡看著報告給我。

「第一名喲！」

波奇拔得頭籌，小玉拚命追著，可惜波奇就是長跑比較快。

「妞妞～下次不會輸～？」

「波奇隨時接受挑戰喲！」

小玉難得認真起來要求再戰。

兩人抵達終點之後過了好一陣子，領先的孩子們才回來。

「可惡，竟然跑私狗耳人跟貓耳人，丟兔人族的臉啊。」

「沒想到費私給烏沙沙之外的人啊。」

第一名跟第二名，不甘心地看著波奇跟小玉。

兩人正是開跑前宣稱要當上公費生的男孩烏沙沙，跟他的同夥兔人族女孩拉比比。

「很棒很棒，那兩個不算在排名裡面，所以你們是第一名跟第二名。」

亞里沙給烏沙沙跟拉比比第一名與第二名的獎牌。

第三名之後又隔了好一陣子。

接下來過終點的第三名是犬人族，第四到第六名是人族男孩。

「過終點要休息一下喔。」

「大家流了不少汗，記得多喝水。」

捷娜跟伊魯娜招呼通過終點的孩子們。

稍微休息一段時間之後，進行第二項考試。休息時間給大家吃點烤點心，補充鹽分跟熱量。

要是跑到一半餓得頭暈就不好了。

另外第一節考試有十人出局，這十人正在臨時總部旁邊，由露露教導如何培養體力，練習伸展操。

「再來是耐力賽。沿著賽利維拉賽牆跑五圈，前六名及格。跑兩圈以上的人請你們吃午餐，加油喔。」

「「「喔喔！」」」

亞里沙這次一宣布，反應比剛開始更加熱烈。

我本來打算請所有報名者免費吃午餐，但是吊胃口比較有效，所以沒說。

可惜除了不太可能入選的領先集團之外，很多人跑完兩圈就不跑了。

「領先的是女孩呢。」

「真的，跑得好穩啊。」

古銅膚色的女孩以些微之差奪冠，後面跟著男孩女孩各一名，看來都是同鄉。接下來是三個擅長長跑的獸人。

跑輸的孩子很不甘心，但是對午餐的興趣更高。

這次備餐的除了米提露娜小姐跟我家的女僕們之外，還聘了大概十五個有烹飪經驗的女搬運工，年紀十四歲到十八歲，長相樸素個性老實。

米提露娜小姐教這十五個人做飯，我打算聘她們當私立養護院的廚師，以及善心供餐的工作人員。

「是肉！」

「吃都吃不完的肉串啊！」

「下次考試我一定要贏。」

「我也是！」

甜味烤肉醬似乎很受孩子們歡迎，大家爭先恐後。

喜歡肉的孩子果然比較多。

「好雌～」

「吃肉加一台喲。」

波奇是說吃肉會多一條命這樣？

可惜，吃了抹醬的烤肉串不會加一台喔。

吃飽休息結束，要選出最後六個人。

「再來是最後一節考試，大家剛才都有領到樹枝，就當劍拿好。對，手臂打直，保持這個姿勢，手撐到最後沒有放下來的就及格。」

孩子們接連哀號。

有人抱怨這不是武術考試，但我不打算改變考試內容，所以保持沉默。

「開始吧，不滿意的人別客氣，儘管離開。」

伊魯娜此話一出，抱怨的人還是心不甘情不願地接受考試。

最後這六個人選的是耐力與毅力，進入迷宮之前必須接受訓練，撐不過就不用談了。

第一個小時就淘汰了大多數，剩下八個人就拖得很久，三小時候淘汰最後一人，決定六人進榜。

「謝謝大家今天過來！下個月還會舉辦考試，這次沒考過的小朋友別放棄喔！」

亞里沙發表閉幕宣言，沒考過的孩子們三三兩兩回去西門。

所有孩子都獲得三片煎餅當禮物，是要吸引這次沒參加的孩子們。

「把通過選拔考試的孩子們集合到這裡來。」

伊魯娜集合考過的孩子。

最後獲選的孩子有十二個男生跟六個女生。

「那我來說明，沒聽清楚的孩子等等找其他人，或者找我們確認。千萬不要一知半解，懂嗎？」

伊魯娜與捷娜先把話講清楚，然後傳達往後的行程。

兩人先在地面進行十天的基礎訓練，然後分三組一次六人進入迷宮。一次要逗留五天，總共十五天，計畫將所有人升到七級左右。

「訓練期間的武器、防具、服裝都由學校出借，只是借給大家的，所以要好好愛護喔。」

孩子們認真地聽捷娜說明。

至於防具，我來想對及格人員提供適合他們的蟻裝備，但是亞里沙強烈反對就取消了。

她說如果要收作僕從還可以商量，但若要讓他們日後成為獨立探索家，還是不要提供作弊裝備比較好。

不只亞里沙，伊魯娜和捷娜也反對，但是理由跟亞里沙不太一樣，她們認為如果裝備太堅固，可以抵擋魔物攻擊，就會疏忽了閃躲的重要性。

而且多少要受點傷，才能在實戰中學習止血的方法，了解治療道具的重要性。

跟伊魯娜和捷娜商量之後，決定提供她們以前穿過的骨裝備。

那是用草編成的外套與長褲，穿插哥布林骨。

通常迷宮都市探索家的入門裝備都是骨裝備或皮裝備，然後慢慢進展到蟻裝備，甲蟲裝備。

剛開始給他們使用的武器，是以哥布林大腿骨做成的棍棒，打算第二次訓練開始改用蟻爪短槍。預計培養成坦克的人，就給他們皮盾。

伊魯娜和捷娜已經去工匠街，低價買進許多學徒做的東西。做工不佳的部分由我們稍作修改，碰上低等級的敵人應該不至於受重傷。

「另外訓練期間，可以免費住在學校宿舍，學校提供寢具，但是睡衣要各自準備。」

有些孩子糊塗歪頭。

看來不少孩子不太懂什麼是睡衣。

「另外每天提供三餐，吃到飽，而且餐餐有肉。」

「「「唔喔喔喔喔！」」」

伊魯娜一說「吃到飽」跟「餐餐有肉」，孩子們歡聲雷動。

好吃的飯菜可以消除嚴格訓練的疲勞，而且高蛋白與高熱量的飯菜可以強健身體，所以我跟露露考量ＣＰ值，買了不錯的食材。

在對及格生說明的期間，臨時帳棚也收整完成，我就把血氣方剛的孩子們帶回探索家學校。

當我透過培養這群公費生，獲取教學經驗，就打算成立正式的收費探索家學校。

既然還要栽培教官，我看今年之內收公費生就夠了。

確定探索家學校起步之後，我打算出發替夥伴們升級。

開始實習之前，探索家學校有準備教學計畫，我也請卡吉羅先生跟米提露娜小姐幫忙教課，應該可以放手讓伊魯娜和捷娜去處理。

不過戰鬥的空檔，還是會用空間魔法「眺望」確認有沒有問題就是了。

前往迷宮中層

「我是佐藤。戰鬥類連載漫畫經常會出現戰鬥力通膨的問題，看來異世界也有。夥伴們變強是很好，但是看到過去的強敵，如今隨手一揮就打得落花流水，怎麼叫我不傷心呢。」

「魔刃砲喲！」

波奇面對「區域之主」猛毒蛾王大喊，魔劍因為魔刃而發出紅光。

——噗嘶。

結果她魔劍上的紅光突然消散，好像可以配那種音效。

「波奇，集氣到發射的時機不對——要哼哼哼集氣再咚出去。」

莉薩一邊閃避猛毒蛾王的攻擊，一邊示範怎麼發射魔刃砲。

莉薩剛學會魔刃砲的時候很不穩定，最近射程、集束度與命中率都提升不少。

但是話說回來，妳剛才的解釋太直覺了，對方可能聽不懂。

——MWOOOOOOTHHHHW。

猛毒蛾王腦門被魔刃砲命中，發出高頻的慘叫。

真不知道它的聲帶藏在哪裡。

「手裡劍～？」

小玉對猛毒蛾王射出帶有魔刃的棒手裡劍。

棒手裡劍貫穿猛毒蛾王的防禦屏障，深深刺進六隻複眼的其中一隻。

「哼哼哼集氣再咚出去喲。」

波奇的魔劍前端射出小小的魔刃砲。

……看來剛才那樣解釋，波奇聽得懂。

魔刃砲在射中猛毒蛾王之前就消退了，但波奇十分雀躍。

等等好好摸摸她的頭吧。

「次元斬！」

亞里沙使出比「空間切斷」更高階的空間魔法，斬斷猛毒蛾王的翅膀。

猛毒蛾王落地，已經不是夥伴們的對手，在前鋒隊的連擊之下很快就消滅了。

「飛行類魔物的皮是很軟，不過前鋒的近戰打不到，打起來比較花時間啦。」

「後衛的負擔確實比較大。」

亞里沙和莉薩在休息時間交換意見。

「佐藤。」

蜜雅拉拉我的袖子。

我以為要跟我說她升級了，看來不是。

「怎麼了？」

「瘴氣很怪。」

我發動瘴氣視觀察四周。

圍繞在猛毒蛾王屍體周遭的濃密瘴氣，以不自然的快速被吸進迷宮的地板與通風孔內。

蜜雅的「精靈視」可以看見討厭瘴氣的精靈，所以才發現不對勁。

我用空間魔法「眺望」調查瘴氣的流向，發現是流向湧穴。

感覺迷宮好像會趁瘴氣擴散之前回收起來。

「或許最近獵太多迷宮魔物了。」

殺敵殺得太順手，我們已經蹂躪了上層三分之二的面積，或許就是這個緣故，除了探索家較多的區域之外，魔物補充的速度明顯降低不少。

感覺往來湧穴的魔物密度也降低了。

尤其區域之主跟眷屬級的魔物根本就沒再生。

我打算把剩下十個左右的區域當夥伴們的獵場，現在看來應該把獵場移到中層比較好。

「啊——這樣迷主會生氣也不奇怪啦。」

亞里沙聳肩說起風涼話。

——迷主？

是迷宮之主的意思嗎？

要是它氣得派一堆魔物海過來，那我就省得找獵場了。

想著想著，成功發射魔刃砲的波奇跑過來了。

「主人！波奇成功了喲！」

「波奇好棒喔。」

波奇得意洋洋，我用力摸摸她的頭，她的尾巴搖到都快斷了。

「揑嘿嘿～波奇有心就辦得到喲。」

志得意滿的波奇真可愛。

「小玉也會加油，學會魔刃砲～」

小玉被波奇超前，有點不甘心。

「不必急，照自己的步調走就好。」

我說了，用另一隻手摸小玉的頭。

「小玉，要這樣哼哼哼集氣再咚出去喲。」

「這樣～？」

「不對啦，是這樣哼哼集氣再咚出去喲。」

「妞～」

小玉聽了莉薩跟波奇的建議，不斷挑戰魔刃砲。

兩三下就把魔力用光了。

「魔力沒了～」

「要用嗎？」

「系～」

我拿出新完成的魔力回復藥問小玉，小玉馬上答應。

「好喝～」

新完成的魔力回復藥是牛肉乾口味，看來合小玉的胃口。

第二次用完魔力之後，由我進行「魔力轉讓」，不斷幫小玉補魔進行魔刃砲特訓。

最後終於——

「哼哼哼集氣再咚出去～？」

小玉的魔劍射出小小的魔刃砲。

而且怎麼會是拋物線呢。

「成功～？」

「小玉，了不起。」

「我們都成功了喲。」

「系。」

莉薩點頭，波奇咧嘴笑，小玉也笑得燦爛。

「剛才的魔刃砲，軌道是不是歪了？」

「感覺也不像棒球是因為旋轉才歪掉的。」

小玉的魔刃砲並沒有特別旋轉。

「主人可以射魔刃砲嗎？」

「可以呀。」

我回答亞里沙的問題。

小玉在練習的途中，我試著用指尖發出魔刃，看能不能射魔刃砲，結果是可以。

魔力操作的方法跟之前用炎之魔劍發射火彈不一樣，所以花了點時間。

魔刃砲消耗的魔力大約等同中級魔法，但是威力只有魔法的一半，我想我是不會用了。

但是或許會有什麼幫助，所以我把技能點數撥給剛才獲得的魔刃砲技能，啟用看看。

「主人，是寶箱探索時間，我這麼報告道。」

小憩片刻之後，娜娜神采奕奕地宣告。

「呵呵，希望能找到些漂亮或稀有的東西。」

娜娜和露露在區域掃蕩之後，似乎等不及要找寶箱了。

除了小玉之外，所有人都在魔物討伐營附近不斷討伐魔物，探索寶箱則是欣賞迷宮內奇景的時機，可以調適心情吧。

我們走在滿地鱗粉的神奇空間裡，看到跟樹冰一樣的美麗水晶枯木林，大聲歡呼。

滿地的鱗粉可以直接當麻痺藥來用，加工之後可以做成麻醉系魔法藥，但是也能做成殘忍的暗殺毒藥，所以我們沒有回收。

「哎哎，主人，探索家學校的狀況如何？」

「好像出過不少小麻煩，但是沒什麼大問題吧？」

我定期用「眺望」觀察狀況，有些孩子拚到暈倒，有些練習點到為止而失敗，結果打到骨折，此外沒什麼問題。

「那就放心了。」

「主人，發現寶箱，我這麼報告道。」

「喔，第一個，主人我們走吧。」

亞里沙聽了娜娜的報告神采奕奕，拉著我的手往大家跑去。

我們找到的寶箱裡沒什麼特別的東西，但是蝴蝶造型面具，跟金屬光澤的緊身洋裝，莫名受到夥伴歡迎。

「這次完全沒有魔法裝備啊。」

「沒有才正常吧。」

有三成機率會找到詛咒裝備，但是祕銀劍與魔劍的發現率不到一成。魔法盾還頗容易出現的，而魔法鎧在這裡只見過兩次，實在少見。

這裡的魔劍性能落差很大，從鐵劍等級到我的第一代鑄造魔劍等級都有，但是除了附加屬性之外，沒有值得我們用的特色，所以只是堆在儲倉裡面單純收藏，或者等同解成就。

真要說起來，魔法書或者這次找到的搞笑物品還比較有價值。

◆

「那就稍微吃飯休息吧。」

尋寶之後我們回到迷宮別墅吃午餐，吃娜娜要求的炸蝦。

話說猛毒蛾王的軀幹看來有點像炸蝦，讓我沒什麼胃口，但是我會看場合，所以沒說。

「主人也一起休息吧。」

「大家作戰的時候我都在休息，沒關係。」

亞里沙她們要留我，我說了還是起身。

因為我要去迷宮中層尋找獵場。

「不對。」

蜜雅不斷搖頭。

「對啊！不能咻一下轉移到中層，要一起突破難關才開心啊！」

幼年組聽了亞里沙的說法猛點頭，其他女孩也微微點頭。

也是，一起走比較有冒險的感覺。

「這麼說也對，那麼等休息結束，我們一起跳到離中層走廊最近的點，然後一起探險吧。」

「這就對啦！」

「呀咧呼～？」

「超棒的喲。」

我一改變方針，孩子們雀躍不已。

要是大家這麼開心，我應該找個步行路線，遠一點也沒關係。

夥伴們開心地討論中層會是怎麼樣的地方，聽得我心曠神怡，我趁機打開地圖選擇通往中層的路線，使用空間魔法「眺望」和「遠耳」，沿著路線檢查有沒有問題。這種遊山玩水路線所花的時間，比利用天驅和「理力之手」多了十倍左右，但偶而為之也不錯。

「這裡大概是哪裡啊？」

「離賽利維拉迷宮西端大概一公里吧？從地表來看的話，就是之前去沙漠玩，做了那座石神社的正下方啦。」

從最接近中層走廊的轉移點開始前進，大概兩小時之後抵達通往中層的豎坑大空間。穿過迷宮都市賽利維拉盆地，再翻越西邊山脈，大概就是我們的所在地。通風孔可能有吹進沙子，所以這空房部分堆著沙，還有些沙子流下通往中層的豎坑。

「真、真假？」

「真的。」

亞里沙等人聽了我的回答，都愣住了。

這下她們應該了解到，賽利維拉迷宮大到嚇死人。

「深淵～」

「黑漆漆看不到底下喲。」

「靠太近很危險喔。」

我提醒那兩個蜷著尾巴看豎坑的小朋友。

「系。」

「好喲。」

小玉和波奇緊盯豎坑深處，緩緩往後退。

「這裡跟入口那邊的豎坑不一樣，沒有升降機就對了。」

「那座升降機，是不是以前探索家公會還是國家政府蓋的？」

亞里沙用空間魔法「眺望」觀察陰暗豎坑的那一頭，喃喃自語。

「主人，應該可以從那邊下去。」

「主人，沒有樓梯，我這麼報告道。」

「嗯，下坡。」

露露指著某個方向，娜娜和蜜雅看過去這麼說了。

豎坑外圍有螺旋狀的下坡，坡道表面是平緩下陷的圓弧形。

「這個凹法看了真討厭。」

亞里沙看了那個形狀就板起臉。

一定是想到西洋冒險電影第一集的名場面——有巨石滾下來追著我們跑。

我看看周遭。

「——亞里沙。」

我對陰暗不清的天花板發動術理魔法「魔燈」，然後往上一指。

「呃。」

「呃呃呃～？」

「噁噁的喲。」

「土鱉？」

天花板上垂著細線，掛著圓滾滾的土鱉，感覺很像蓑蛾。

根據牠們的位置來看，這大概有十隻的土鱉，應該會依序滾到坡道上。

我試著用空間魔法「空間切斷」切斷一條細線，巨大的土鱉就壓滿整條坡道往下滾。

剛開始滾得很慢，漸漸加速到跟汽車一樣快。

「全都弄掉？」

「要是通道塌掉就頭痛了，照常排除掉吧。」

我從魔法欄選擇「追蹤箭」，接連射下天花板上的土鱉。

為了保護通道，我當然是用「理力之手」接住掉下來的土鱉，然後收進儲倉。

「那我們走吧。」

莉薩為了講求氣氛，手拿火把帶頭走，我則是使用原創光魔法「操螢光」，像地板燈一樣微微照亮腳底與四周。

感覺還不賴。

「好多喲。」

「橫坑～？」

「姆？」

沿著坡道往下走沒多久，發現牆上不規則分布許多橫坑。

「這些橫坑感覺有熊住在裡面的樣子。」

「好像是有魔物棲息的洞喔。」

根據地圖資訊，幾乎所有洞都是死路，最裡面還連接湧穴通道。

很可能是湧穴會打開，魔物來個前後包抄。

猜得出一些低級的用途，比方說探索家進去橫坑調查，就從後方偷襲，或者等探索家在橫坑裡紮營，就半夜偷襲。

「壁虎～？」

「這種時候就要魔刃砲喲！」

小玉發現壁虎——迷宮壁虎，就迫不及待地抽出魔劍擺架勢。

「嘿呀的喲！」波奇大喊一聲發射魔刃砲，漂亮的打倒了迷宮壁虎。

她才剛學會沒多久，出招就已經快了很多，或許波奇很適合使用魔刃砲。

我將迷宮壁虎的屍體收回儲倉，繼續走下坡道。

偶爾會被迷宮蝙蝠與迷宮壁虎攻擊，偶爾看到牆上長了微微發光的苔蘚，偶爾有探索家的骨骸冒出「亡靈」來攻擊我們，相當五花八門，逛不膩。

「原來有人曾經探索到這個地方來啊。」

我將探索家的骨骸收進儲倉，在儲倉內用AR顯示閱讀探索家生前所持有的書籍。

書籍是用孚魯帝國文寫的。

「應該是孚魯帝國時代的探索家。」

這應該是距今六七百年前的人，是個討厭戰爭的研究家，使用罕見的「埋沒」技能混在魔物之中，才能下到這個地方來。

但是最後罹患熱病身亡。

「他是來幹什麼的？」

「他的日記上寫說『我要見到智慧如海之古代王，獲得永恆生命，進行無盡研究』。」

光看他的日記，他應該認為迷宮最下層有什麼「古代王」。

「哇——永恆的生命啊，主人想要嗎？」

「小時候天真會想要，但是人類應該辦不到吧。」

我腦中閃過精靈長老們那深沉安穩的眼神。

能夠與活過億萬年的高等精靈雅潔小姐並駕齊驅，是很吸引我，但我不認為人類的心靈能夠承受那麼久的時光。

就算找到返老還童藥，可以多活點日子，我覺得一千年也就夠了。

「嗯——也是啦——」

亞里沙結束話題，我們繼續往下走。

大概走過中段，發現坡道途中有個地方在冒白煙。

「附近長苔很滑，我這麼報告道。」

「應該不是強酸陷阱吧。」

娜娜與莉薩從妖精背包拿出木棒，檢查這個冒白煙的水窪，然後向我報告。

有點雞蛋臭掉的味道。

「哎，主人。」

亞里沙似乎也聞到硫磺味。

「說不定迷宮裡哪個地方有溫泉喔！」

「真的？那就在溫泉旁邊蓋二號別墅吧！」

亞里沙顯得超激動。

「溫泉當然要混浴啦！」

「不准性騷擾。」

亞里沙喘著氣又流口水，我彈了她的額頭。

「嘎哈啊～」

亞里沙演超大，我不管她，使出「理力之手」將夥伴們送到這個大水窪的對面。

獸人女孩們本來直接跳過水窪，小玉跟波奇卻特地跳回來，要我把她們送過去。

「痛痛痛，主人的彈額頭一定有什麼奇怪的技能——」

亞里沙看著上方喃喃自語，突然愣住了。

「主人，那個！」

亞里沙訝異地指著正上方。

「閃亮亮～」

「是黃金喲？」

牆面的凹洞裡現出金黃色的礦脈。

「是寶啊，小玉跟波奇可以爬上去嗎？」

「簡單喲。」

波奇撩起袖子準備爬牆，小玉連忙拉住她喊：「不行～」
「為什麼喲？」
「陷阱很多～？」
夥伴們望向我確認，我點頭。
「有噴毒陷阱，噴刺陷阱，還有牆面掉落的陷阱喔。」
「真假……」
「而且那不是金礦，是黃鐵礦的礦脈喔。」
「怎麼會是『愚人金』呢～」
我把ＡＲ顯示的資訊告訴亞里沙，她失望地垂頭。
記得黃鐵礦是硫磺與鐵的化合物，很難分離，用途也不多。
「可惡！這樣我無論如何都要找到溫泉！」
「喔～」
「找喲！」
亞里沙氣鼓鼓地帶著大家往下走，我們終於來到賽利維拉迷宮中層。
這個豎坑似乎與迷宮入口的豎坑不同，並沒有通到迷宮下層。

◆

「呼哈哈——正義在我這一邊！」

亞里沙在大岩石上吶喊。

她眼前看著一股蒸騰的白煙。

話說這座溫泉離豎坑並不遠，但不在豎坑的區域內，就路線來說可隔了七個區域。

邊打魔物邊探索就太花時間，所以我假裝在打倒魔物的時候，意外打破湧穴旁邊的牆壁，做了一條捷徑。

「好啦，我們來掃蕩這座溫泉附近的魔物吧。」

區域內有幾座溫泉，但是只有這裡沒有湧穴。

「要趕走原住民嗎？」

「排除魔物不是理所當然嗎？」

亞里沙看到小雷猿在泡溫泉而發問，莉薩顯得無法理解。

「或許牠們很友善啊。」

「看來應該沒有。」

我創造了亞里沙她們的幻影，讓幻影走向小雷猿。

結果幻影還沒開口，小雷猿就施放電擊消滅幻影，還齜牙咧嘴往我們衝過來。

「終究是條血腥大道啊。」

「暴力～」

夥伴們準備開戰。

波奇會突然講暴力這種突兀字眼，應該是亞里沙教她什麼動畫還是古裝劇的台詞吧。

我用縮地穿過小雷猿群之間，使出「理力之手」將溫泉裡的魔物與危險生物扔到廣場對面。溫泉裡的魔物都不強，夥伴們應該很快就能收拾乾淨。

我用天驅飛上天確認地形，開始畫藍圖要建造溫泉別墅。

「主人，我們把魔物收拾完了，要去附近打掃一下，有什麼要注意的？」

中層的魔物平均等級比上層稍高，但是「區域之主」和眷屬跟上層差不了多少。

倒是等級低的魔物有不少壞東西。

毒、麻痺、詛咒、瘟疫、魔眼、魔力吸收、魔法抗性、物理抗性，不少魔物具備棘手的屬性。

而且一半以上都會使用魔法或施加魔法效果。

所以就算等級相同，中層的難度還是比較高。

「要注意會噴毒黏液的汙泥大猿，還有會吸收魔力的食魔長臂猿，另外有很多魔物會用魔法，不要大意喔。」

「好——」

目送夥伴們離開之後，我將魔物屍體分類收進儲倉。

然後發動空間魔法「眺望」和「遠耳」，再使出「平行思考技能」觀看夥伴們，同時回頭作藍圖。

◆

「……太棒了。」

熱愛溫泉的亞里沙，站在岩堆上遠望完成的溫泉，不禁感動握拳。

看她這麼開心，我努力打造就值得了。

另外我在造溫泉的期間，又多了「溫泉技師」和「溫泉大將」兩個稱號。

「還是一樣作弊級的生產力啊。」

「沒禮貌。」

這確實是靠魔法與儲倉才有的成就，但也不是萬能。目前我還來不及打造別墅主建築，只建造了浴池、更衣間還有廁所。

浴池也都很普通，沒準備什麼按摩浴池或三溫暖。

我想過哪天要有這些設備，甚至來個流水浴池，或者空中滑水道浴池什麼的。

「但是這個數量真驚人啊。」

「嗯，壯觀。」

露露與蜜雅看著許多露天浴池，瞪大眼睛。

我本來是為了調節浴池水溫才多造幾座浴池，結果半途興頭上來，又做了羅馬浴池跟噴水池造型的泡腳池。

「沒有檜木浴池嗎——」

「那預定要放在別墅裡面的。」

檜木是不錯，香氣撲鼻的山樹也難以割捨。

「可以去泡了嗎？我這麼問道。」

性急的娜娜邊脫衣服邊問。

嗯，長得真好。

「呀——娜娜，快遮好！」

「姆，禁止。」

露露與蜜雅拿布來遮娜娜的身體。

「主——」

亞里沙飛撲過來，想藉口遮我的眼來性騷擾，我在半空中抓住她，然後告訴夥伴們更衣間在哪裡。

同時告訴大家注意事項，愈上游的浴池水溫愈高，愈下游則愈低，第三層以下算是穩當水溫。

第一層熱到會燙傷，所以我有加蓋。

「嗚嗚，壞壞……」

「討伐魔物都流汗了吧？快去泡澡。」

「好——」

我讓淚汪汪的亞里沙乖乖撤退，跟其他女孩一起去更衣間。

愛溫泉的莉薩相當興奮，難得看她小跳步，連尾巴看來都很開心。

「主人一起去吧。」

「我在造溫泉的時候已經泡夠了，沒關係。」

畢竟亞里沙一定會強推「在露天浴池穿衣服真不識相」然後要我全裸。

「吼——好可惜喔。」

亞里沙聽了我的話很失望，但隨即笑著抬頭。

「對了——主人啊，打倒的魔物要怎麼辦？放在我的『萬納庫』裡面，會隨著時間劣化喔！」

「也對，髒了就不好，先搬過來吧。」

我想她又在打什麼壞主意，但還是前往廣場角落，接收堆積如山的屍體。

亞里沙打開「萬納庫」的同時噴出大量鮮血，我立刻使出縮地後退，沒被噴到。

亞里沙一臉「失敗了」的表情，應該是我多心吧。

「應該沒有殲滅區域內所有魔物吧。」

「是啊，小猴子跟太小咖的就不管了。還有，這個可以吃嗎？」

「——金色的柿子？」

亞里沙從道具箱裡拿出一顆頗大的柿子給我。

「對啊，是一種類似椰蟹的生物在種的。」

亞里沙又從道具箱裡拿出一個袋子，裡面有隻坐墊大小的椰蟹。

當然已經是屍體了。AR顯示這叫做迷宮光柿蟹，可能是因為背甲上黏著光石的碎粒，名子才有個「光」字。

「牠們攀在小房間的天花板上，用光線照亮柿子樹喔。」

所以螃蟹種柿子樹，然後吃柿子果。

真有趣的共生關係。

「螃蟹種柿子，讓我想到猴蟹大戰的老故事。」

「啊——我也聯想到這個。不過我只打倒這隻蟹，也只拿了這棵柿子。蜜雅用魔法麻痺牠之後，我供了顆飯糰就撤退了。」

呃，我想不必做到這個地步吧。

「所以這顆柿子能吃嗎？」

亞里沙不太關心謎柿的生態，比較在乎能不能吃。

「看起來是沒有毒，不過算是苦柿，大概只能做成乾柿了吧。」

外表看來超像稀有藥材，我搭配迷宮光柿蟹來搜尋儲倉裡的書籍，但沒有符合資料。

「哎喲？醃在燒酒裡去苦味就行了吧？」

亞里沙突然冒出老奶奶的小祕訣。

等等請她教我好了。

「哇——我還是第一次聽說可以去苦味——」

此時身後突然傳來響亮的落水聲，還有一陣慘叫。

「老天鵝！」

「奧取！」

——小玉，波奇！

我使出縮地，以瞬間移動的速度前往慘叫的來源。

只見小玉跟波奇下半身紅通通躺在地上。

ＡＲ顯示兩人都遭到燙傷。

「馬上治療！」

我從魔法欄選擇水魔法「治癒：水」，對兩人施展。

蜜雅也開始詠唱，但是這種事情要愈快愈好。

「小玉！波奇！」

莉薩拎著妖精背包趕來。

應該是想用魔法藥治療。

「系。」

「已經沒事了喲。」

傷治好了，但兩人的身體還是熱騰騰，我就從儲倉裡拿出冰塊放在兩人身邊。

「涼涼～？」

「冰冰的好舒服喲。」

小玉跟波奇光溜溜，用臉蹭冰塊。

「發生什麼事了？」

「主人，真是抱歉。」

「熱水浴池。」

蜜雅回頭指著說。

那裡是被開蓋的熱水浴池。

原來是莉薩泡太多溫泉泡嗨了，就掀蓋泡這一口，小玉跟波奇也跟著跳下水，結果變成剛才那樣。

莉薩的皮膚也泛紅，但不至於燙傷。

「妳們兩個，不可以進去那口浴池喔。」

「系。」

「知道了喲。」

慎重起見，我還是警告小玉跟波奇。

「主人，我拿冷水來了。」

「主人，應該快點給兩人降溫，我這麼報告道。」

散亂著一頭黑髮的露露跟面無表情的娜娜，抱著裝滿冷水的桶子過來。

「謝謝妳們兩個，不過已經治好了，也降溫了，沒事啦。」

「太好了～」

「稱讚主人迅速的應對，我這麼報告道。」

露露放了心，跌坐在地上，娜娜則是把自己帶來的冷水沖到自己身上。

仔細一看，娜娜也是泡溫泉泡到全身紅通通。

「難道娜娜也去泡熱水浴池了？」

「是的主人，皮膚刺痛很好玩，我這麼報告道。」

「是呀，真是好溫泉。」

娜娜說了，莉薩陶醉地接著說。

不對吧，那麼燙的熱水，正常來說泡了不會開心吧？

「拿出施放魔刃的要領，讓魔力循環全身就沒問題了。」

我狐疑地看著莉薩，她這樣回答我。

泡個澡要用上類似跟魔物對戰的奧義，我覺得是各種搞錯。

「加上身體強化，血液循環更順暢，我這麼報告道。」

娜娜使出魔力循環，同時加上身體強化。

各種抗性與防禦力都變得很高，類似勇者HAYATO教我的魔力鎧，等等也教前鋒隊吧。

既然事情搞清楚了——

我從儲倉裡拿出毛巾，給全裸談笑的夥伴們披上。

「呀！」

害羞的露露尖叫一聲，拿毛巾掩住胸口。

看來她現在才發現自己全裸。

「那我到那邊去，大家好好泡啊。」

「等等。」

我轉身背對夥伴們就要離開，亞里沙突然抓住我的手臂。

不知不覺她也全裸了。

「主人都看飽了我們的裸體，當然也要脫光一起泡啊。」

「不行喔，有些人跟亞里沙不一樣，赤身裸體會害羞。」

我教訓這個色慾爆發的亞里沙。

「唔唔唔。」

「妳懂就好，那我馬上走，妳們泡暖一點啊。」

「請、請稍等！」

露露抓著我的衣襬要留人。

「呃，那個，就……請一起來吧。」

——真的假的？

想不到露露會這麼說。

「露露說得好！來來來，像個男子漢脫了吧！」

「嗯，一起。」

亞里沙說了，連蜜雅也光著身子抱住我的手臂。

「請讓我替主人洗背。」

莉薩也宣稱要服侍我，一臉認真地拿起毛巾。

感覺要使出什麼溫泉流毛巾大法的樣子。

莉薩說了之後，娜娜一手拿出毛巾站了出來。

「那麼我就來洗主人的肚子，我這麼宣言道。」

不行喔，這就各種不行了喔。

「呼，真是好溫泉。」

經過一番折騰，我還是跟夥伴們一起去泡適當水溫的浴池。

要我跟青春期女孩一起混浴是有點不習慣，所以我堅持要穿著浴衣。

跟我泡同一個浴池的只有亞里沙、蜜雅跟露露三人，其他女孩各自去自己喜歡的浴池。

「這座浴池底下的石板鋪了水晶石珠啊。」

「漂亮。」

亞里沙從熱水裡撿起底下鋪的石珠，對著光源欣賞，蜜雅看得微微笑。

露天浴池的石地板和石珠，都是用「石製結構物」魔法所創造的。

為了避免大家受傷，石珠可是特別精心加工過。

另外沿用之前打造別墅的心得，利用地圖的３Ｄ顯示來確認地板斜度。

「莉薩跟娜娜好像很喜歡那座熱水浴池喔。」

莉薩跟娜娜正在享受熱水浴池。

看她們一臉陶醉，肯定非常中意。

「主人～？」

「那裡有白白的浴池喲。」

在浴場裡大冒險的小玉跟波奇回來了。

「這裡不是硫磺泉嗎？」

「是啊，乳白色浴池呢，是我加了美膚效果的入浴劑。」

我知道溫泉加入浴劑是邪門歪道，不過我有硫磺泉用的入浴劑配方，忍不住就試試看。

「「——美膚！」」

亞里沙和露露同時反應。

尤其露露就滿臉通紅坐在我正對面，還盯著我的鎖骨附近看，應該很久沒有這麼大的反應了。

「我要去，贏不過美膚慾望啦。」

「呃……我也要去。」

亞里沙打頭陣，露露經過一番掙扎還是跟去了。

看露露那痛苦的表情，真是「傷心欲絕」的感覺。

「美膚～？」

「滑溜溜彈嫩嫩的喲。」

小玉和波奇也跳起詭異的自創舞蹈，跟著亞里沙和露露過去。

我不知道那個舞是哪來的哏，不過她們開心，我就不多想了。

「蜜雅不去嗎？」

「嗯，獨占。」

年幼——不對，外表年幼的蜜雅露出格外成熟的笑容，把頭靠在我肩膀上。

偶爾這樣也不錯。

我用「操螢光」魔法創造出螢火，在天花板附近飄舞，享受溫泉風情。

「哇、哈——生魚片船加龍蝦湯？還有茶碗蒸呢。」

「山菜天婦羅。」

亞里沙跟蜜雅看了晚餐菜單，興奮不已。

今天的概念是溫泉旅館菜單。

小玉跟波奇發現沒有肉，相當失望，莉薩表情鎮定但尾巴下垂，等等再追加大塊牛排吧。

「這不是龍蝦，只是加尼卡灣捕到的蝦子啦。」

我說到這裡頓了一下，拿出私藏菜單揚起嘴角。

「然後還有這個喔。」

「萬眾矚目！應該說這才是今天的主菜啦！」

「是水煮蛋？」

「才不是！是溫泉的靈魂好菜『溫泉蛋』啦！」

莉薩發問，亞里沙亂講話。

也不是那麼誇張的東西吧？

「那就開動吧。」

夥伴們肚子咕嚕叫的時候，我宣布開動。

「開動了。」亞里沙說，晚餐開始。
「哇啊——糊糊的！沒想到可以在迷宮裡吃到溫泉蛋！」
亞里沙感嘆地說出心得。
「山菜天婦羅，好吃。」
蜜雅把溫泉蛋碗推給亞里沙，津津有味地吃著類似舞菇的菇類天婦羅。
全熟水煮蛋她吃，看來半熟溫泉蛋就不吃了。
「我以為是半熟蛋，不過好像有點差別喔。」
「蛋黃跟半熟蛋差不多，但是蛋白幾乎沒有凝固吧？」
愛做菜的露露跟莉薩分析起溫泉蛋。
波奇、小玉跟娜娜三人稀哩呼嚕吃光溫泉蛋，開始鎖定蝦子跟天婦羅。
「蝦子好雌～」
「生魚片也好吃喲？」
「小小茶碗蒸很可愛，我這麼報告道。」
看來大家都很享受晚餐。
我也吃了溫泉蛋。
剛開始就吃純的吧。

我不像亞里沙那麼愛吃，不過這種蛋白的口感特殊又美味。
接著沾特製醬汁來吃看看，微甜的醬汁跟溫泉蛋很搭。
我只準備一人三顆，早知道就多煮一點。
打在生菜沙拉上面吃也很好啊。
下次做了再推蜜雅來吃。
「主人，吃了溫泉蛋就想吃滷蛋呢。」
亞里沙說了這個。
「那明天午餐就吃拉麵配滷蛋如何？」
「要吃叉燒拉麵。」
「蔥蒜拉麵。」
波奇跟蜜雅也點餐，其他人也都沒意見。
看來迷宮修行就是需要充實的飲食與入浴啊。

◆

「奧取喲。」

波奇在追打魔物的時候，魔刃被金紅色的光芒彈開，好像是爆炸了。
大家都望向波奇，波奇自己說：「沒事喲。」又繼續進行戰鬥。
蜜雅正在詠唱精靈魔法，回復魔法是沒指望了。
我看波奇打開妖精背包，應該是拿魔法藥來療傷。
「納命來，我這麼宣告道。」
娜娜對一隻外皮像柏油的老虎魔物大喊，還加了挑釁技能。
「魔刃碎壁！」
娜娜新學會的必殺技，一招就打碎黏液虎護身用的防禦屏障。
「魔槍龍退擊！」
接著是莉薩的魔槍多瑪，發出刺眼紅光貫穿黏液虎。
黏液虎外皮的黏液被炸飛，身上開了個大洞，像被戰車砲打到一樣。
莉薩的新必殺技挺凶狠的。
但是莉薩似乎還不滿意，看著發紅光的魔槍，左思右想。
「中層真的很多魔物都很有特色呢。」
我們打倒區域裡最後的魔物，亞里沙在休息時間說了感想。
以迷宮溫泉為據點來討伐魔物，時間上不如上層有效率，但是有殺不完的魔物，可以穩定獲得升級所需的經驗值。

除了蜜雅之外所有人差不多都五十級了。

「姆，貝西摩斯。」

蜜雅的精靈魔法詠唱到一半，魔物就被打倒，讓她心情大壞。

貝西摩斯是很強，但是魔力消耗也很高，蜜雅只要召喚一次，魔力就會見底。

所以當蜜雅負責施放回復與支援魔法，召喚貝西摩斯這種大招，只有在挑戰「區域之主」或區域最後的魔物用得上。

「擬態精靈創造系的精靈魔法，詠唱時間比較長，對上雜兵魔物的話，還沒唱完就把怪打死啦。」

「嗯，必須有『詠唱縮短』。」

「要是有就方便嘍——」

亞里沙和蜜雅在交換詠唱類技能的意見。

「亞里沙想要威力強化系技能？」

「對啊，我可以不詠唱就出招，空間魔法也總算升到最高級，所以我打算先把火魔法升到八級就好，接下來練威力強化系，還是輔助回復魔力的冥想系。」

根據亞里沙的感想，技能等級八到九，以及九到十之間，同樣使用上級魔法，效果卻完全不同。

「主人，治療喲。」

波奇滿手是血。

看來剛才使用必殺技的時候，魔刃爆發讓她受傷了。

波奇的魔力操作不是很順手，應該是囤積太多魔力，控制失敗了。

是不是該想個玩具，讓她邊玩邊練精密的魔力操作呢？

「妳沒有用魔法藥啊？」

我用魔法治療的時候問了。

「這點小傷就拿來用，浪費喲。」

「這種時候不要忍到戰鬥結束，直接拿魔法藥來用喔。」

「知道了喲。」

波奇亂講話，我教訓她。

消耗品就是要拿來消耗的啊。

我們打倒區域魔物之後，照例開始找寶箱。

「時間已經很晚了，找完寶箱之後在隔壁區域設置刻印板，就回迷宮溫泉去吧。」

光靠我們幾個人，只能用上溫泉旅館的部分設施，所以想說在迷宮中層升級夠了，或許可以把溫泉旅館開放出來，當作越後屋商會的管轄設施。

夥伴們同意我的意見，我們一邊找寶箱，一邊收集晚餐菜色的意見。

「波奇，去看看那座懸崖上有什麼。」

「遵命喲。」

亞里沙指著一座大約二十公尺高的懸崖。

懸崖不僅傾斜超過九十度，還長了苔蘚，很難攀爬，所以才問波奇而不是小玉。

波奇拿出二段跳的要領，在空中製造踏點，跳上懸崖。

波奇最近學會了天驅的下級技能「空步」，所以能使出這招。目前波奇可以在空中製造三步到四步左右的踏點。

「有寶箱喲！」

波奇在懸崖上笑著揮手。

我用天驅飛了上去，再用「理力之手」把夥伴們搬到懸崖上。

寶箱藏在懸崖岩石的縫隙裡，不小心就會看漏。

「波奇，很棒喔。」

「妮嘿嘿喲。」

我摸摸波奇的頭，她尾巴左右搖到都快斷了。

把波奇的頭摸過一輪之後，來確認寶箱裡有什麼。

「大刀～？」

「武士刀喲。」

寶箱裡有把日本刀風格的單刃刀。

「普通的日本刀？」

「應該也是祕銀合金製的魔劍，名稱是——凡赫辛？應該是迷宮產的吧？」

亞里沙問，我回答顯示的內容。

ＡＲ顯示這把刀是很久以前的產物。

刀身刻了可以增加鋒利度的符文，但沒有裝配什麼特殊魔法迴路，刀鞘倒是有防止隨時間劣化的固定化魔法迴路。

「哎呀？所以真刀舉起來的時候沒有鏘一聲喔！」

「那是古裝劇的音效吧？」

「吼喲——要是有鏘一聲就好了。」

這個感想我同意。

我以後打造日本刀就追加音效產生迴路好了。

「亞里沙，大刀借波奇一下喲。」

「喏。」

亞里沙把日本刀收進刀鞘，交給波奇。

「居合拔刀喲。」

波奇模仿居合的架式。

可能是接受精靈武士師父，或者沙珈帝國武士卡吉羅先生訓練的時候，偷學起來的。

「小玉～也要～」

小玉從波奇手上接過刀，但是沒有玩居合，而是像忍者一樣背在背後，不然就是拿刀鍔踏腳跳著玩。

「小玉喜歡忍者啊？」

「系～」

這麼說來，卡吉羅先生的徒弟兼妻子綾女小姐，好像教過她怎麼拋手裡劍跟苦無。

「小玉啊，新手忍者等於劣等的盜賊，但是等級升高會很厲害喔！」

「怎樣厲害～？」

「會用金蟬脫殼啦，分身術啦，然後就全——」

亞里沙想玩拿外國老派ＲＰＧ的哏，我給她後腦一巴掌阻止她。

全裸忍者會教壞小孩，要是沒啥羞恥心的小玉真的學了怎麼辦？

「話說真正的忍者不適合直接交戰吧。」

記得主要任務是潛入敵營，收集資訊，擾亂敵陣之類的。

「也是啦，不過創作出來的忍者比較有趣不是嗎？」

「是怎樣～？」

「波奇也有興趣喲。」

如果不是傳統忍者，而是某影忍者或歐美ＮＩＮＪＡ我就沒意見了。

亞里沙對兩人解釋何謂忍者，講到一半突然回過頭來。

「對了，主人，之前提過的蛇腹劍跟鎖鏈鐮刀，做好了嗎？」

在討論庫羅的服裝的時候，有提到的那些東西？

應該是從忍者武器聯想來的。

「是有做啦。」

鎖鏈鐮刀只是普通的鋼鐵武器，蛇腹劍可厲害了，不只能當鞭子來甩，還用上了小玉的苦無、飛鏢等技術，可以做出巧妙活動。

「沒想到真的做出來啦！」

我從儲倉裡拿出來，亞里沙看了大吃一驚。

其實我為了好玩，給蛇腹劍加上鑽頭模式，就順便演練給大家看。

「喔喔，這麼有哏的武器，親眼看到就是有魄力。」

「想用看看～」

「波奇也想用看看喲。」

「很危險，要小心用喔。」我提醒兩人，然後把鎖鏈鐮刀跟蛇腹劍交給她們。

不出所料，波奇被鎖鏈捲成一團，小玉則是耍得漂亮。

「波奇果然不適合當忍者，當武士比較好喲。」

「那就讓亞里沙美眉教妳，什麼才是正牌的日本武士吧。」

波奇玩不好酸葡萄，亞里沙趁機想灌輸些幻想哏，我稍微警告說「別太過火啊」然後去幫忙其他人找寶箱。

「──這個寶箱裡是茶具組。」

「外型好怪。」

「圓圓的很可愛。」

白瓷的茶杯與杯盤，一共有二十組，還附了茶匙。另外有時髦又可愛的茶壺，但是都沒有魔法道具的功能。

裝茶具的箱子上刻著古代語的銘文，看來不是迷宮裡的產品，而是許久之前被帶進迷宮的東西。

「主人，棕色殘骸裡發現茶杯的幼體，我這麼報告道。」
「那是拉花杯啦。」
周遭的棕色碎渣，應該是茶葉的殘渣。
另外又找到兩個寶箱，裡面只有金幣跟寶石，沒有什麼特別有趣的東西。

◆

「好啊，升到五十級啦！」
這趟迷宮探索之行有點漫長，最後一天除了蜜雅之外，所有人都達到五十級了。
「恭喜，大家都很努力喔。」
蜜雅需要的經驗值比較多，顯得有些彆扭，這陣子就帶蜜雅一個人去調整等級吧。
「振翅聲～？」
小玉歪頭說了，迷宮裡隨即響起微微的槍聲。
「——是空蟬蜂鳥。」
露露舉起光線槍，對我報告。
看來空蟬蜂鳥才剛停在遠遠的岩石上，露露就開槍狙擊了。

這空蟬蜂鳥的動作異常迅速，而且會扭曲身體周圍的空間來擾亂對方認知，還會使用短距離轉移，是很凶惡的魔物。

連我也覺得遠距離要打中牠很麻煩。

「不愧是狙擊王，我的魔刃砲根本打不中牠。」

莉薩稱讚露露，像個看到妹妹長大而開心的姊姊。

自從露露的射擊技術提升，就多了「魔彈射手」跟「狙擊王」之類的稱號。

「——姆，殺氣。」

「嘿呀～」

蜜雅一發現，亞里沙就使出無詠唱的火魔法。

在黑暗中接近的小型迷宮蟑螂立刻熊熊燃燒。

「是說中層的迷宮蟑螂跟迷宮鼠好多喔。」

「剛好給魔物們當飯吃吧？」

繁殖速度快，又能在惡劣環境中生存。迷宮鼠吃了小型迷宮蟑螂，其他魔物則吃迷宮鼠來填肚子。

或許剛好可以用來鍛鍊越後屋商會團隊。

先記在筆記本的備註裡面好了。

「主人，增加什麼技能了嗎？我這麼問道。」

「娜娜是沒有增加技能，不過理術欄位增加了。」

「回去之後希望能追加理術，我這麼懇求道。」

娜娜整個湊過來，幾乎是撲到我身上。

知道了啦，不要用奶擠我好嗎。

「還有——亞里沙。」

「我？」

我對亞里沙使個眼色，要她看小玉跟波奇的狀態。

「嗯，居合跟忍術？」

亞里沙教了小玉跟波奇各種虛構的武士跟忍者故事，又拿剛才找到的武士刀來玩，才會發生這種事。

人家說無師自通，就是這麼回事吧。

◆

「這裡就是要跟『樓層之主』交戰的『試煉之間』嗎？我這麼問道。」

「是啊。」

我點頭回答娜娜。為了紀念夥伴們升到五十級，我帶她們來參觀迷宮上層的「試煉之間」。

「沒想到這麼大啊。」

我們位於第六十六區域，整區就是一個「試煉之間」。

這個面積可以同時解體五隻大怪魚，天花板更高達五十公尺。

中央有個像祭壇的位置，好像將「區域之主」的魔核放在祭壇上，說出召喚句，「樓層之主」就會現身。

廣場大部分都是平坦的地面，外圍則有一圈石階，很像競技場的觀眾席。

其實是因為面積大，看來才平坦，因為除了中心一帶，地面上到處有兩三公尺高的岩石，看來是不缺掩蔽了。不過「樓層之主」真的要打起來，這些岩石應該頂不住。

岩石之間有不少魔物四處徘徊，所以跟「樓層之主」開打之前必須先掃蕩一輪。

「差不多該挑戰『樓層之主』了吧？」

「如果屬性被我們剋，應該可以。」

根據公會資料，迷宮上層的「樓層之主」大約五十五級左右，只要屬性不是太相沖，夥伴們應該不會輸。

其實每次出現的敵人種類都不同，猜不到是什麼東西，但是根據過往紀錄，超過六十級的魔物屈指可數。

「要參觀看看嗎？」

「咦？現在要召喚『樓層之主』嗎？」

「沒有啦。」亞里沙急著問，我微笑回答。

「傑利爾他們好像正在中層跟『樓層之主』交戰，我問妳們要不要去觀戰。」

「想看～？」

「波奇也有興趣喲。」

「為了學習經驗。」

「是的主人，希望觀戰，我這麼報告道。」

前鋒隊都很想去觀戰。

「——怎麼樣？」

「當然要去啊！」

「嗯，同意。」

「我也去。」

看後衛隊也贊成，我就帶著夥伴們走第一區域前往迷宮中層。

這趟是保密行程，我把之前在都市核隔離空間庫找到的透明斗篷發給所有人，隱身前進。

「喔，打了打了。」

我們繞了點路，來到迷宮中層的「試煉之間」，傑利爾等人正跟「樓層之主」交戰中。渾身包覆冰雪結晶的藤蔓魔物「冰雪蔦帝」正在鬧事。只有五十五級，應該是中層「樓層之主」裡面等級最低的。

「原來他們會改變『試煉之間』的地形，增加自己的優勢啊。」

「是細長的陷阱坑？」

「那是壕溝啦。我們建立陣地的時候不是有挖過？」

「聰明。」

「贊成蜜雅的意見，我這麼報告道。」

利用地形打持久戰令我佩服。

「透明的～？」

「好像很薄喲。」

小玉跟波奇看到藤蔓的半透明身體，糊塗歪頭。

「好像是物質穿透系的特殊能力。」

魔法跟魔刃還有效果，但是投石器跟弩砲就幾乎沒用了。
廣場角落擺著攻城鎚跟鐵球吊臂等攻城兵器，看來沒機會上場。
「傑利爾仔好強喔。」
「奮戰不懈。」
亞里沙說，蜜雅點頭。
傑利爾拿著我借他的「炎之魔劍」，在最前線一夫當關。
看來冰雪蔦帝對火屬性魔力較弱，傑利爾只是拿劍上前，藤蔓就怕得縮了起來。
而且只要讓冰雪蔦帝陷入恐懼狀態，它就無法維持那個棘手的物質穿透系特殊能力，傑利爾跟後衛魔法之外的攻擊也都能發揮效果。
AR顯示冰雪蔦帝的體力已經降低很多，這樣打下去，傑利爾等人是穩贏不輸。
「大家的體力都快乾了，到底打多久啦？」
「至少我們在蓋迷宮溫泉的時候，冰雪蔦帝就已經現身了。」
為了大家睡得安心，我每晚就寢之前都會用地圖搜尋來確認魔族、魔王跟較強的魔物。
——HYWOOOOHZE。
冰雪蔦帝發出吹哨一般的咆哮。
正好是血條降破三成的時候。

「魔法消失了。」

「嗯，是魔法消除系的技能？」

蜜雅一發現，亞里沙不禁驚呼。

「不對，好像是種族特有的魔法中和系能力。」

我看到傑利爾後退，魔劍上的火焰就復原了，所以這麼說。

「好棘手的招數啊，要是飛天魔物有這種功夫，就只剩露露能作戰啦。」

「是啊，得想個辦法才行。」

亞里沙跟莉薩立刻開始想戰略。

挺熱心的。

——HYWOOOOHZE。

冰雪蔦帝在戰場上咆哮。

感覺是在嘲笑倉皇奔逃的傑利爾一行人。

「另一邊的根怪怪喲。」

「咚咚咚～？」

「這是什麼震動？」

「姆？」

孩子們察覺異常。

我們看到傑利爾一行人腳下的地面，穿出許多藤蔓。

藤蔓從後衛與中鋒的腳下冒出來，亂扔冰刺，把裝甲薄弱的人們打得落花流水。

「——啊啊！」

「危機很危險，我這麼報告道。」

「這樣下去會有很多人犧牲喔。」

娜娜和莉薩說得沒錯，傑利爾一行人的後衛與中鋒有危險了。

傑利爾本身看起來是沒什麼問題，但重裝備的前鋒被大發威的藤蔓夾擊，難以動彈。

AR顯示冰雪蔦帝進入失控狀態。真是名副其實，打起來毫無章法。

「主人，要幫忙嗎？」

「我去幫一把。」

只要爭取時間讓他們重整旗鼓就好。

我化身為庫羅，從廣場天花板附近落到冰雪蔦帝頭頂。

一聲巨響，將冰雪蔦帝撞扁在地面上。

沙塵會阻礙視線，所以我用風魔法「風壓」吹個乾淨。

只見從地面冒出來的藤蔓大發雷霆，我又用「理力之手」把它們抓好，不准亂動。

看來這附近沒有魔法中和狀態。

「什麼人？」

「——不重要，快點重整陣形吧。」

傑利爾不經意問來者何人，我告訴他有要緊事該優先辦。

暴怒的冰雪蔦帝不斷攻擊，我輕鬆閃避，同時用「理力之手」幫助身受重傷、孤立無援的傑利爾夥伴，送往後方的安全地帶。

才不過十分鐘左右，就從半毀滅狀態成功撤退。

——了不起的統御力。

我佩服他的本事，然後拿出隨身的閃光彈與煙霧彈投向冰雪蔦帝，再閃避到後方。

「多謝拔刀相助，我是『赤龍的咆哮』的傑利爾，請教恩人大名？」

「勇者的隨從庫羅。」

傑利爾想道謝，我堅持只是碰巧路過，然後使出「歸還轉移」離開。

與夥伴們會合之後，我們又顧著他們重整旗鼓一陣子。

這次他們把後衛放在安全區，外圍還配置幾名斥候強化警戒，謹慎又不驕傲的態度讓我很有好感。

我們回到上層的轉移點之後，脫下透明斗篷前往出口。

「我們可以打得贏嗎？」

「簡單～？」

「輕鬆獲勝啦。」

「大意失荊州喔。」

大意是不好，但是以目前夥伴們的裝備來看，打起來應該不會有犧牲。

「等蜜雅升到五十級，做好準備，我們就打看看吧？」

我一問，夥伴們你看我我看你。

然後有志一同，點個頭之後望向我。

「當然打，我們一定會打贏。」

「對，當然要贏。」

亞里沙說，莉薩附和。

「奮鬥～？」

「喔的喲！」

小玉和波奇給自己打氣，夥伴們一起吶喊。

好啦，我也來做點事前準備吧。

準備

「我是佐藤。做準備很重要，但是想得太重要，囤積一堆用不到的東西，只會徒增行李。我想重點是有清楚的模擬，然後做出取捨。」

「少爺，歡迎回來。」

離開迷宮之後，就碰到「美麗之翼」的美人——捷娜，帶著探索家學校的公費生出來。

「喲，捷娜，探索家學校的實習課嗎？」

「對，第一次實習。」

後面的公費生緊張，連捷娜也緊張。

第一堂課只有一個人帶，有點擔心，派我家幾個小孩去好了？

「烏沙沙跟拉比比～？」

「高加爾也在喲。」

小玉跟波奇在公費生之中看到熟人，打了招呼。

公費生們緊張兮兮，只有簡短回禮。

「小玉跟波奇要一起去嗎？」

「可以嗎～？」

「我想去喲。」

在「歸還轉移」到第一區域之前，我們已經換回相當於便服的簡易裝備，應該不怕穿幫，但我還是提醒兩人：「只要大家沒有生命危險，就不要參戰。」

「捷娜，不好意思，能帶她們兩個一起去嗎？」

「那我就放心了，但是各位長時間探索迷宮，難道不用休息嗎？」

「迷問題～？」

「波奇在迷宮待幾個月都沒關係喲。」

小玉跟波奇抹抹嘴角，得意洋洋。

肯定是因為每天都在迷宮裡過烤肉節的關係。

「竟然要帶不是公費生的人過去……」

「該不會以為是去玩的吧？」

公費生裡面傳出不滿的嘀咕。

「拔——痴，敢講炸種話，等一下鼻要丟臉喔。」

「因為他們不機道小玉姊跟波奇姊督厲害啦。」

了解小玉跟波奇本領的孩子，壞心眼地笑著說。

「出發了～」

「我們會加油喲。」

兩人根本不把公費生的話聽在耳朵裡，活力十足地揮揮手，就跟捷娜等人一起進迷宮。

回程就去探索家學校看看伊魯娜跟其他公費生的狀況，再把虎肉伴手禮送去養護院。

聽說有人來過大宅自薦要參加「樓層之主」戰役，晚上還有小偷來偷東西，前者被太守衛兵趕走，後者被露營訓練中的的公費生們抓到。

隔天午休時間，「美麗之翼」的小可愛伊魯娜，帶著兩個兔人與一個鼠人來了。

「少爺，這幾個就是提過的『逃矢』。」

「什麼這幾個啦。」

他們是探索家學校的候選教師。

「就是你們幾個啦。少爺，這些人因為當時的連鎖失控，欠了一屁股債還不出來。」

伊魯娜說當時迷宮蟻連鎖失控事件（認識美麗之翼的事件），逃矢也在場。

我不記得這三人的長相和名字，但是不良探索家貝索只顧著自己逃，他們還警告我們

「快逃」這點我還記得。

「有關聘僱條件，正如我所說的——」

——怎麼了？

話說到一半，突然覺得周遭氣氛不太對。

我左顧右盼，發現附近樹上的鳥兒全都飛起來了。

「喔哇！」

「怎麼？」

「鳥都——」

伊魯娜說到一半就發生地震，大概震度三。

我的察覺危機技能沒有動作，但是有點擔心，就打開地圖看看有無異狀。

唯一的變化，就是迷宮中層的「樓層之主」不見了。

應該是被傑利爾打敗了吧。

——哎呀？

可能因為我化身庫羅，出手搭救陷入危機的傑利爾一行人，結果我的紀錄顯示獲得稱號「樓層之主殺手／賽利維拉迷宮，中層」「樓層之主『冰雪蔦帝』殺手」。

「好大的地震啊。」

「這一帶不常有地震嗎？」

「地震？大概十幾年才會晃一下吧。」

那剛才的震動是什麼？

感覺像是魔王現身的預兆，為求謹慎，我發動瘴氣視來觀察，但沒有異狀。

也不能說沒有異狀，我完全沒看到任何瘴氣，乾乾淨淨——這就怪了，太乾淨了吧。

就好像迷宮內部缺乏瘴氣，要從外界收集一樣。

腦中突然想起紫毛犬人男孩克洛的事情。

他會像亡靈一樣消失，或許是當迷宮吸收瘴氣的時候，被吸引到迷宮都市來了。

其實我根本沒證據，但當下就是這麼想。

「——少爺？」

「啊，抱歉，我剛才想點事情。」

我搖搖頭，不去想沒有答案的事情，回到原本的話題上。

「你們應該聽伊魯娜說過，第一個星期是研習期，只要順利撐過研習期就聘你們當老師。如果想辭職，要提前兩星期報告。」

「逃矢」的三個人聽了我的話都點頭。

根據他們欠的債，應該可以當三個月的免費老師。

這下老師增加了，在正式營運之前應該聘個校長跟一些職員。

這些人請公會長幫忙安排如何？

◆

「『赤龍的咆哮』一行人打倒『樓層之主』啦！」

回到地面第三天，我去公會長辦公室商量探索家學校的校長候選人，聽到窗外有人這樣大喊。

消息傳得真快，討伐捷報已經傳回迷宮都市了。

「佐藤，被趕過去嘍。」

公會長望向窗外，回頭對我這麼說。

「不愧是傑利爾大人的隊伍。」

公會長企圖激我，我是來個四兩撥千斤。

「你還是一樣激不動啊。」

「因為我沒打算跟人爭呀。」

剛才大喊的人，應該是傑利爾一行人裡面先回來的。

傑利爾一行人的總隊還在迷宮中層，大概要明天或後天才回得來。

「好啦，不知道平安回來的有幾個呢……」

公會長說得憂心忡忡。

對她來說，應該都像自己的孫子吧。

我離開憂心忡忡的公會長，接下來兩天，白天前往迷宮把蜜雅的等級拉道跟其他女孩一樣五十級，晚上通宵量產要去王都交貨的飛空艇跟魔劍，或者修補改良夥伴們的裝備。

兩天之後，傑利爾凱旋回到迷宮都市了。

迷宮門前的碗型廣場，擠滿了要一睹他英姿的群眾。

擠不進廣場的人，還擠到攤販廣場跟公會前廣場去。

人牆對面響起歡呼聲。

看看地圖資訊，是傑利爾一行人從迷宮門出來了。

「少爺，到前面來啊。」

「在那個地方，小鬼頭們看不到吧。」

眼熟的探索家們，在附近商家的屋頂上喊我。

難得人家一片好心，我就去打擾了。

「謝謝啦，這裡就看得清楚了。」

「聽不到聲音就是了。」

大鬍子探索家笑著說。

廣場不知何時搭了個舞台，可以看見傑利爾一行人走了上去。

他身穿閃亮的全新盔甲搭配大紅披風，可以說盛裝打扮，應該是特地換裝好才回來的。

舞台前方擺了貴賓席，坐著支援他的各界人士。

太守夫人好像也有出力，但傑利爾可要主動向她請安，所以貴賓席上沒見到人。

「各位今日在此慶祝我等凱旋歸來，我等銘感五內！」

我用「順風耳」技能聽到傑利爾的聲音。

他後面大概站了七個高等級探索家，個個得意洋洋，應該是討伐「樓層之主」的核心成員。

舞台後面站著其他討伐隊成員。

比對他們出發當時看到的隊伍，人數少了很多。

「我等，平安討伐了迷宮中層的『樓層之主』冰雪蔦帝！」

傑利爾一說完，一個核心成員高舉一顆海灘球那麼大的魔核。

「請看！這正是『樓層之主』冰雪蔦帝的魔核！」

眾人歡聲雷動，蓋過傑利爾要說的話。

周圍實在太吵，連「順風耳」技能都聽不到，所以我要亞里沙使用空間魔法「遠耳」，搭配原創新魔法「資訊分享」，把傑利爾一行的喊話分享給夥伴們聽。

後面這個新魔法，是參考「戰術輪話」魔法所創造的。

傑利爾先介紹討伐隊的成員，成員的職責，然後逐一喊出戰死者的姓名，歌頌他們多麼奮勇作戰，最後由參加討伐的神官帶領大家為死者祈福。

「日後會請吟遊詩人詳細講述我們英勇作戰的經過，接下來要介紹從『樓層之主』身上搶得的戰利品，請拭目以待！」

傑利爾第一個拿出來的，是俐落瀟灑的單手劍。

至於我借他的第三代火屬性魔劍，正掛在他腰上。

「這就是冰魔劍『冰樹之牙』！」

他將魔力灌輸到魔劍中，銀白色的單手劍噴出白霧，劍刃周圍飄起冰晶。

群眾一見這景象，立刻歡聲雷動，陷入瘋狂。

但是這把冰劍拿久了，手應該會凍傷吧？

是不是要搭配很厚的耐寒手套一起耍呢？

「接著可厲害了──」

另一名探索家代替傑利爾來介紹戰利品。

有追加電擊效果的斧槍，還有大大小小各種魔法物品。

鑲著巨大綠寶石的頭冠，雞蛋大小的紅寶石，讓貴賓席的貴婦們驚喜尖叫。大塊的真鋼與大馬士革鋼，則讓大鬍子工匠叔伯們發出怒吼。

如果我還沒去過波爾艾南森林，看了肯定也會尖叫。

我頗冷靜地看著戰利品介紹，但是接下來的東西真的讓我脫口驚呼。

「——喔喔。」

「接著是三支卷軸，召喚魔法『召喚信鴿』，死靈魔法『創造下級不死生物』，以及空間魔法『物質傳送』！」

民眾反應普普，但是這三支我都想要，尤其想要最後那支「物質傳送」。

這應該沒辦法用來做魔法道具，但是化身庫羅搞地下活動的時候，可以拿來傳送信件或證據，還可以把抓到的壞蛋直接傳去關，肯定方便。

「主人，接下來好像是『祝福寶珠』喔。」

「會出現什麼好東西嗎？」

我這麼回亞里沙，好像有三顆「祝福寶珠」，裡面搞不好有我們需要的寶珠。

「第一顆，關心健康的人必定垂涎三尺，『毒抗性』寶珠！」

與其說關心健康，應該是怕被下毒的貴族用的吧？

「第二顆，是聖騎士專用的『光魔法』寶珠！」

探索家、商人與貴族全都歡天喜地。

之前跟希嘉八劍的赫密娜小姐與聖騎士們把酒言歡，聽說想當聖騎士必須學會光魔法，所以「光魔法」寶珠是價值連城的珍品。

「而最後第三顆是——」

負責介紹的探索家故意賣關子。

應該是很厲害的東西吧。

「——想、想不到啊啊啊！」

賣太大關子了吧。

「是高手的證明，『魔刃』寶珠啊啊啊！」

「「「唔喔喔喔喔喔喔！」」」

探索家和武師們被介紹的人惹得一起歡聲雷動，幾乎都要地震了。

聲音大到連樹林裡的鳥都被嚇飛。

亞里沙突然拉拉我的袖子，給我一張寫了字的紙條。

『1.是喔！又沒差。

2.拜託，讓給我吧！

＞3.殺人越貨』

好像哪個家用主機遊戲的知名選項。

應該沒有人會為了一顆寶珠殺人越貨吧。

如果是「詠唱」寶珠我還可以理解。

◆

「來了！」

聽說介紹完戰利品之後要辦凱旋遊行，我跟夥伴們一起參觀。

精心打扮的美少女們領著遊行隊伍，沿路灑花。

接著是傑利爾一行人穿著閃耀的全新服裝與裝備，年輕探索家們羨慕地為隊伍喝采。

「好大的歡呼聲啊。」

「是啊，不過露露可不能講風涼話喔。」

「——咦？」

亞里沙說，露露不懂歪頭。

「等我們討伐了上層的『樓層之主』，也會接受大家歡呼啊。」

亞里沙微笑著表示，得現在就開始準備漂亮服裝，不然會來不及喔。

「妞？」

「我們會變成那樣喲？」

小玉跟波奇一頭霧水地問亞里沙。

「會到不行啊！」

亞里沙口氣誇張。

「超棒～？」

「超棒的喲！」

小玉跟波奇嚇得挺直腰桿。

「所以我們要更努力才行啊。」

「系！」

「是喲！」

莉薩說了，小玉跟波奇用咻答姿勢同意。

「絕對要討伐成功，我這麼宣言道。」

「嗯，同意。」

「好，我們加油！」

繼獸人女孩們之後，其他女孩也下定決心。

「那就來打個氣吧！」

「「「喔——！」」」

熱場高手亞里沙高高舉手大喊一聲，其他人也異口同聲舉手爆氣。

我就帶著夥伴們前往迷宮了。

◆

「那我先離開一下。」

抵達迷宮之後，為了訓練大家熟悉最後調整的武裝，我們來到魔物比較強的區域。

娜娜、小玉、波奇的劍經過最後調整，合金的奧利哈鋼含量提升，變得跟盔甲一樣金光閃閃。需要更多魔力伸縮，但強度也多了三成。

另外使用魔法迴路與青液，同樣將莉薩的龍爪槍改為聖劍款式。

莉薩的龍爪槍，只有槍柄改用奧利哈鋼，她本人希望繼續用魔槍多瑪，所以我想快點找到魔槍的強化方法。

「我去送邀請函給師父們，順便去王都一趟。」

我要邀請精靈師父們來欣賞夥伴們打倒「樓層之主」的英姿。

「還要安排假人軍團吧？會不會很久？」

「不會，傍晚就回來了。」

亞里沙說的假人軍團，就是假裝跟夥伴們一起打「樓層之主」的人員。

不管怎麼說，八個人的隊伍要討伐「樓層之主」真的太詭異，波爾艾南森林的精靈們剛好有僕役用的活動人偶，我打算聘人偶當傭兵來偽裝一下。

實際作戰的當然只有我的夥伴們啦。

「對了——不要去打會魅惑攻擊的『魔導多頭蛇』喔。」

我在轉移之前先警告夥伴們。

這東西具備魔法中和的種族特有能力，很適合當「樓層之主」，要是夥伴們遭到魅惑攻擊自相殘殺，肯定慘不忍睹，所以我要禁止。

「咦——有這個頭紗不就能抵擋魅惑攻擊了嗎？」

亞里沙掀開新裝備頭紗問我。

由於後衛的頭部缺乏防衛，所以我準備了帶髮箍的長頭紗，要應付「樓層之主」戰役。

這並不是新娘子會戴的那種婚紗，沒有漂亮的蕾絲，但是由金光閃閃的奧利哈鋼纖維製成，非常漂亮，而且物理防禦力和魔法防禦力都很高。

「還不確定是不是萬無一失，等我回來再試試吧。」

「好——」

夥伴們的裝備都有考慮到魅惑與邪眼抗性，但不保證萬無一失啊。

我要去拜訪波爾艾南森林的路上，順道去了南洋的拉庫恩島。

最近有很多魔王要復活的危險傳聞，我要來打聽其中一個「狗頭魔王」。

住在拉庫恩島的蕾伊，是拉拉其埃王朝的最後倖存者。有關「狗頭魔王」兩萬年前的活躍期，她可是活證人。

「『狗頭魔王』是嗎？」

蕾伊憂鬱地微微低頭。

「對，我想知道究竟是怎樣的魔王。」

「我沒有上過戰場，也不是很清楚。不過聽說就連天護光蓋護體，配備魔砲跟天譴砲的浮游城，都會被它輕易擊落。」

我的集束雷射也可以打穿天護光蓋，但是天護光蓋足以抵擋狗頭眷屬「海王」的觸手連打跟魔法攻擊，強度應該很高才對。

「抱歉幫不上忙……」

「不會啦，剛才的資訊就很有用了。」

我對垂頭喪氣的蕾伊道謝。

「……洛是不是還在苦苦追尋自由呢？」

她的呢喃小聲到聽不見，我用順風耳技能聽見了。

名字只聽到後半，根據我們聊的內容，應該是狗頭讓她想起老朋友了。

因魔王而慘死的某某洛啊，我為你默哀祈福。

「姊姊？」

「沒關係，沒事。」

一起住在拉庫恩島的妹妹優妮亞這麼問，蕾伊強顏歡笑搖搖頭。

後來蕾伊就不想說話了，我也就離開拉庫恩島，前往波爾艾南森林。

「——現在就要去打『樓層之主』？」

「莽撞。」

「沒有升到個五十級就太危險了。」

我請師父們來參觀討伐，大家都急忙攔我。

「沒問題，因為夥伴們都已經五十級了。」

我這麼回答，師父們驚呼連連。

「應該沒有搞力量式升級吧？」

「對，除了蜜雅調整經驗值之外都沒有。」

我是有用高性能裝備，豐沛的藥品，戰鬥之後也有恢復體力與恢復魔力，但應該不算師父們說的「力量式升級（強者把魔物打個半死，讓弱者撿尾刀賺不當經驗值）」。

「好吧，那就受邀了。」

精靈師父比西羅托亞代表大家回覆。

「有沒有需要幫忙的地方？」

「其實，有點小事情要請各位幫忙——」

我希望能請假人軍團來幫忙，師父們一口就答應下來。

三天後就要與「樓層之主」對戰，所以我原本打算只借用精靈的活動人偶勞工來用。沒想到住在波爾艾南森林的妖精族（守寶妖精、矮精靈、洞穴巨人），還有住在森林邊緣的獸人戰士們也要來。

「不用來接人啦，只要把這塊令牌交給蕾莉莉爾，我看到就會跟多萊雅德借用世界樹的力量，打開『森之路』啦。」

高等精靈雅潔小姐這麼告訴我。

雅潔小姐一臉得意，可愛得我想貼臉磨蹭一下。

「那真是了不起啊。」

「是因為現在世界樹魔力充沛才辦得到。這都多虧佐藤驅逐了污染世界樹的邪海月啊。」

雅潔小姐被我一誇有點不好意思，謙虛地提起往事。

如果「森之路」直接開到迷宮都市，會惹出很多麻煩，所以我請她開在迷宮都市周圍群山的其中一座上面。

「對了，雅潔小姐——」

我問雅潔小姐知不知道曾經出現在迷宮都市的魔王。

「嗯——我們不太干涉外面的世界啦……」

而且魔王和魔族好像也沒來攻打過精靈的森林。

順便問問精靈師父們有沒有到過迷宮都市，結果他們去的時間都沒碰到魔王，拿不到什麼資訊。

為了開始準備，我與雅潔小姐道別，前往王都。

因為要在王都點交飛空艇和魔劍等等。

將飛空艇運往王都的途中，順便驅逐攻擊牧場的魔物，擊退搶貴族馬車的盜賊，這些事件亞里沙碰到應該會很開心，但都不痛不癢，所以就不多說了。

交貨途中順便探視王都越後屋商會的成員，但是她們忙著準備開張，找往來王都與迷宮都市的貨運業者簽約，忙得不可開交，所以我沒有久留。

那邊交給掌櫃跟蒂法麗莎應該沒問題。

迷宮都市的下城長屋，開始當作越後屋商會的賽利維拉分部，原本是搬運工的波麗娜，已經被我登記成分店長了。

◆

「佐藤！」

我帶了禮物從王都回來，第一個發現我的果然是蜜雅。聽說只要有人使用轉移魔法，精靈就會驚慌，所以蜜雅能夠提前一瞬間警覺。

我抵達迷宮的時候，大家還在獵場裡面，不過由於今天戰鬥結束，所以用亞里沙的空間魔法回到迷宮別墅裡。

「果然是主人喲！」

「回來啦～」

波奇跟小玉緊跟著蜜雅跑往別墅這邊來。

她們兩個可以感受到空間或者魔力的震盪，所以知道我進行轉移，不過畢竟只是「好像有感覺」，她們自己好像不太了解自己到底察覺到什麼。

三人同時抵達。

蜜雅正面撲進我懷裡。

小玉奮力一跳，用過肩摔的氣勢撲到我肩膀上，翻身坐好。坐穩的時候還喊了一聲「機飛艇～組合！」感覺不太對，應該是亞里沙亂教的。

波奇對我使出能夠撞倒棕熊的強力頭槌，為了避免波奇的膝蓋撞上蜜雅的後腦勺，我用「理力之手」輕輕接住她。

「亞里沙啦～」波奇淚汪汪地對我抱怨。

「——是怎麼啦？」

我問原因，波奇只會嗚嗚啊啊，一直講「亞里沙啦」就沒有繼續講下去。可能是我教訓過她不能講別人壞話，所以她不太會講話罵人。

「情緒不穩。」

蜜雅被波奇從側面抱住，擠出頭來對我說，但我不確定她說的是波奇還是亞里沙，希望她能多講幾個字。

「敲敲鳥鳥～？」

是吵吵鬧鬧的意思嗎？

坐在我肩膀上的小玉亂抓我的頭髮，低頭看我。

實在不太懂，直接問亞里沙好了。

「我有帶禮物回來，邊吃邊聊吧。」

「肉～？」

「甜點？」

「都有喔。」

三人聽了我這麼說都很開心。

我看看波奇，她有點尷尬地說：「肉不算正餐喲！」然後轉頭吹口哨裝傻。

如果肉不算正餐，妳正餐都吃啥？我真想好好逼問她個一小時。

「歡迎主人回來。」

「露露，我回來啦。」

露露在門口迎接我，我將裝有食材的萬納背包交給她，吩咐她怎麼烹煮，還有要準備哪些配菜。

才剛打開別墅大門，就聽到亞里沙她們在吵架。

「吼喲！我剛剛不是講了嗎！劈頭第一招，要用最大威力的魔法從遠距離轟過去，破壞對方的武器還是機動力才對啦！」

「我否定。要是這一招讓對方仇恨值大增，亞里沙這些後衛就有生命危險。」

「被鎖定就用短距離轉移消掉就好啦。」

「要是消不掉就太危險了。第一招可是武師的光榮，我等前鋒要衝鋒陷陣削弱敵方，等敵方陷入失控狀態，亞里沙等後衛再用強力魔法補刀，才合常理。」

「但是這樣一來，莉薩跟波奇搞不好會受重傷啊！」

「亞里沙，應該也要擔心我，我這麼進言道。」

「娜娜銅筋鐵骨吧？挨了『魔導多頭蛇』的噴氣、魔法、啃咬三重攻擊，竟然毫髮無傷，應該可以單挑中級魔族了吧？」

「多虧了裝備與新魔術，應該要稱讚主人，我這麼推薦道。」

看來爭得很激烈。

不對，我應該提過「魔導多頭蛇」有魅惑攻擊不要對牠出手，妳們還是去打喔！

如果不是不可抗力，吃飽之後要好好修理教訓一頓。

「啊，主人！」

「主人，您回來了。」

「歡迎主人歸來，我這麼報告道。」

亞里沙等人一發現我就停止爭吵來打招呼，我回了一句「我回來了」。

好吧，總之狀況搞清楚了。

「也就是說亞里沙、莉薩跟娜娜三個人在討論戰術，妳們以為是吵架啊？」

「對，也不對喲。」

真複雜。

「亞里沙為難人家喲。」

「咦～人家只是叫她用露露的反物資步槍打中空蟬蜂鳥。」

「亞里沙，連光線槍都很難打中空蟬蜂鳥，妳還想用彈頭速度更慢的步槍來打，很為難好嗎？」

露露一邊收拾餐桌，一邊訓亞里沙。

「可是露露之前不就打中了？」

「我只是從遠方狙擊在岩石上休息的空蟬蜂鳥啦。要是空蟬蜂鳥跟波奇醬一樣亂動，我自認是打不中喔。」

露露可愛地用手指抵著下巴「嗯～」地想了想，糾正亞里沙的發言。

然後露露拿著我給她的食材前往廚房。

「那波奇有打中嗎？」

「有打中喲……用魔刃砲。」

波奇語尾的音量驟降，原來如此，用子彈打不到，氣得拿反物資步槍的槍身當劍，發射魔刃砲是吧。

「波奇好厲害～？魔刃砲轉彎打中了～」

小玉坐我腿上，抬頭向我報告波奇的豐功偉業。

之前小玉碰巧射出曲線彈道，這次波奇竟然發射之後可以任意扭轉軌道，簡直就像哪個宇宙最強海盜一樣。改天我也練習看看好了。

「但是為什麼要練習反物資步槍呢？」

「為了應付近戰有危險的魔物啊。」

「那用魔刃砲不就好了？」

「這要應付之前看過的『魔法中和』啊。而且『樓層之主』好像還會飛天，魔法抗性肯定很強，所以我才想多加點遠距離的物理攻擊手法。」

原來如此，所以才搞這個。

「如果是為了這樣，反物資步槍有散彈可以用喔！」

「散彈不行啦，怕打到自己人，威力也不強啊。」

「利用加速砲，散彈的威力也會嚇死人喔。」

這要是打中了，保證噴射戰鬥機都會掉下來。

「好！辯論到此為止！剩下的等吃飽飯再談吧。」

露露做好飯菜，拍拍手要大家注意，宣布會議結束。如果不這樣強制結束，大家會忙著討論，把飯菜都放涼了。

「嗚哈～！這是霜降肉？哪裡弄來的？」

「這個啊，從王都回來的路上，發現牧場遭到巨大魔物攻擊，我打倒魔物之後，人家送我的。」

聽說那是王家御用牧場，奧米牛的內臟被吃掉了，主人把肉送給我。

牧場主人說這是傷到的劣等肉，但是看到油花與紅肉交織的美妙牛肉大大，我只能說他愛開玩笑。

也就幸好主人客氣，我打倒魔物收的才不是現金而是物品，要感謝主人的解釋。

我們眼前有十大盤薄切肉片，擺得美輪美奐，旁邊還有一只造型獨特的鍋子，鍋裡煮得滾燙。

「呼～沒想到來這裡還能吃得到涮涮鍋啊！」

「肉的人扁扁的喲？」

「減肥～？」

小玉跟波奇把眼睛貼齊桌面，從旁邊看肉片有多薄，驚呼連連。對她們來說肉應該就是要大塊吧。

嘿嘿嘿，讓我粉碎妳們的幻想吧。

「這個啊，叫做涮涮鍋——」

「不重要，開吃開吃啦！」

亞里沙打斷我的解釋要我快開動，所以就開動了。

肉盤周邊擺著芝麻醬、橘醋，還有配料碟子。

配料包括白蘿蔔泥、紅蘿蔔、薑、蔥花、紫蘇、洋蔥、做芝麻醬剩下的芝麻、碎花生，還有山葵醬。每種擺一碟，五彩繽紛賞心悅目。

除了牛肉之外，我還想來點螃蟹或生魚片，但是今天既然第一次吃涮涮鍋，我決定單挑牛肉。

「要像這樣夾一片牛肉起來，放在熱水裡涮一涮，沾醬來吃喔。」

我邊說明邊示範。

首先只沾點橘醋來吃，不愧是希嘉王室御用的奧米牛，好吃。

美味可比以前老闆請我吃過的神戶牛跟松阪牛。南洋吃到的鮪魚也是入口即化，不過牛肉有牛肉的美味。

「配料看自己喜歡的加，但是一開始要沾純醬汁來吃喔。」

在我的建議之下，莉薩超嚴肅地夾了一片牛肉，放進熱湯裡。

其實不用吃得這麼嚴肅沒關係啦。

小玉跟波奇不太會用筷子，所以我準備了小夾子給她們用。

要是用叉子，涮的時候肉會掉進湯裡。夾子的尾端有小貓、小狗、小雞、兔子四種圖案，娜娜一把搶走了小雞圖案的夾子。

「好吃，這個等級有A5！來多少我吃多少！」

「好吃喲！哎五的肉跟鯨魚還有鮪魚差不多強喲！」

「好雌好雌～？」

「芝麻醬天下無敵，我這麼報告道。」

「娜娜，橘醋加白蘿蔔泥也很好吃喔。」

「嗯，好吃。」

眾人大快朵頤，讚不絕口。看來清淡的口味也合蜜雅胃口。

只有莉薩一個人默默地嚼肉，但表情看來滿是幸福，應該是沉浸在美味之中，希望她能盡情享受。

亞里沙、波奇跟小玉簡直是狼吞虎嚥吃個沒完，反正有一百多公斤，妳們盡量吃。只是亞里沙要小心別吃過頭了。

「呼～我本來只推芝麻醬，但是橘醋也很讚！沒想到配料可以做出這麼多變化啊！」

「亞里沙，妳邊講邊遞山葵醬過來是騙不了我的喲。波奇也會學習喲。」

波奇漂亮閃開了亞里沙的計謀，但是咬了一口配菜的肉片捲甜椒，辣得慘叫。應該是倒楣吃到辣的甜椒了。

「喜歡芝麻醬。」

「都很好吃～？」

「嗚嗚，太好吃會吃過頭啦。」

大家挑選自己喜歡的沾醬，真是有趣。

露露擔心體重，吃得比較保守，但是好像要輸給奧米牛的魅力了。

「好吃。」

莉薩把肉涮過之後，放點山葵醬再淋點醬油，我也模仿了這個罕見的吃法。

當生魚片來吃，口感還不錯。

「妞啊！」

「粉辣喲。」

「陷阱。」

小玉、波奇、蜜雅三人看了也有興趣，但是照著吃下去，立刻嗆得掩住口鼻。

這景象看得我噗哧笑，結果我被她們三個圍毆。

「對不起啦，快喝點這個吧。」

幼年組嗆得流眼淚，我給她們很多牛奶的熱可可來沖掉山葵味。

「嗯～有飽有飽。熱可可啊？下次弄個巧克力鍋還是起司鍋也不錯喔。」

亞里沙看波奇她們喝熱可可，就找我點餐。我是常吃起司鍋，但是沒吃過巧克力鍋，做一次看看好了。

「是什麼吃的喲？」

「就是鍋鍋肉上面淋巧克力或起司啊。鍋鍋鳥棲息在深山裡的乾淨水源附近，是傳說中的夢幻珍饈喔。」

「獵鍋鍋～？」

「想去獵來吃喲！」

「質疑。」

小玉跟波奇輕易被亞里沙欺騙，但是蜜雅立刻拆穿。

波爾艾南村裡面，好像有勇者大作流傳下來的起司鍋。

火鍋節隔天，我做了幫助消化的藥膳餐，但是莫名被嫌棄到不行。

「沒肉～」

「波奇有在反省喲。所以希望再多一滴滴肉喲。」

小玉跟波奇以為我在處罰她們，垂頭喪氣，對我苦苦哀求。

波奇用手指比出「一滴滴」的樣子真可愛。

我想那肯定是指肉的厚度。

「小玉，波奇，要嫌棄主人賞的餐，還早一百年喔。」

莉薩告誡兩人，但是聲音有氣無力。

肯定也是看到沒有肉就震驚了。

湯頭可是正統雞湯，味道應該不錯才對呀。

「又不是要減肥，我才不吃這種素菜——！多點蛋白質！Give me more please！」

沒想到連亞里沙都嫌。

妳說要蛋白質，配菜不是有燉豆跟豆腐嗎？

另外三個人本來就不討厭吃菜，所以吃得很順。

至於追求蛋白質的四個愛肉人，我給她們加了鯨魚肉排，讓她們吃個夠。

不過後衛亞里沙的基礎代謝比較低，我在她吃過頭之前阻擋下來。

我可不想陪妳減肥啊。

◆

「佐藤，有勞你來接風啦。」

我等在迷宮都市的南門口，只見精靈師父帶著洞穴巨人戰士們，穿過離城市頗遠的南方貝利亞過來了。

洞穴巨人的外型是胖嘟嘟的小巨人，皮膚有點綠，是溫和的妖精族。

所有人都披著斗篷，蓋住半張臉，旁人幾乎認不出長相。

「比西羅托亞師父是第一隊？」

「對，其他人都在山上待命。所有人同時進城會鬧出事情，所以計畫是由我們懂希嘉語的人，帶五個團進城。」

原來如此，這我還沒想到，要感謝精靈師父們的用心。

我使出光魔法的幻覺魔法，將斗篷底下洞穴巨人的外表，改為比較常見的小巨人。

比亞師父使用娜娜也有配備的「化人護符」變身為人族。

我有向南門衛兵提過自己的客人要來，所以衛兵只是確認人數與種族就放行了。

當然是我偽裝過的種族啦。

「那是誰啊？」

「是東邊的小巨人吧？」

「個頭好大喔。比在北方小國看到的大鬼還大。」

我跟把亞師父一起前往西公會，途中用順風耳技能聽到路人交頭接耳，肯定是沒見過洞穴巨人。

「喂，領頭的不就是潘德拉剛少爺嗎？」

「他怎麼搞的？平常不是都帶著小女孩跟巨乳美女嗎？」

「黑槍莉薩小姐跟女僕王露露小姐，好幾天前就進迷宮去啦。」

可能是有供餐的關係，年輕探索家們不知不覺都認識我了。

「他帶著那一批像小巨人的傢伙，是不是要討伐『樓層之主』啊？」

「砸大錢聘人討伐啊……會不會連我一起聘呢？」

「算了算了，他們那群怪物討伐『區域之主』還毫髮無傷，都要討救兵了，我們連肉盾都當不了啊。」

很好很好，從外面帶部隊來給大家看的計畫達成了。

我們邊走邊增加目擊者，最後抵達西公會。

「洞穴巨人們應該進得去吧。」

西公會的門口很大，身高三公尺左右的洞穴巨人們過得去。

「我是青銅探索家比西羅托亞，想幫夥伴們登記。」

比亞拿出老舊的青銅證，詢問櫃檯小姐。

「啊，是，登記木證可以嗎？」

「可以，我能不能幫他們填文件？」

櫃檯小姐點頭，比亞先生幫洞穴巨人們完成登記。

走進迷宮沒多久，我就使出「歸還轉移」將眾人帶到迷宮溫泉的宴會場。

他們的任務已經完成，但是直接把人家趕回去也不好意思，所以計畫請他們在這裡享受溫泉、美食與美酒。

「佐藤大人，第一批是洞穴巨人啊！那就不枉我奮力做菜了！」

從「蔦之館」來幫忙的蕾莉莉爾興奮莫名，似乎等不及要招待客人。

「酒菜不夠了儘管說。」

「葡萄酒跟蜂蜜酒多得是！」

「那就交給妳們招呼了。」

「遵命！請交給我來辦！」

我把後續交給鬥志高昂的蕾莉莉爾和她手下的活動人偶，使用「歸還移轉」回到比亞師父跟夥伴們待命的別墅。

繼比亞師父之後，其他師父們也帶了守寶妖精、矮精靈跟其他各種族的獸人們前來，我把大家都帶到迷宮溫泉裡，總計將近一百人。

蕾莉莉爾的爺爺基里爾也帶了一群棕精靈跟著隊伍過來，有他們幫忙，迷宮溫泉的烹調與配餐才不至於開天窗。

我向基里爾等人道謝，帶著最後兩位精靈師父的隊伍，用「歸還移轉」回到第一棟迷宮別墅。

「哇～是波雅師父喲！」

「西亞師父，久沒見～？」

小玉跟波奇看到我們就高舉雙手歡迎。

「喔，波奇！別來無恙？等等抓妳去練功，把木劍準備好來！」

「是的喲！」

波奇的師父波露托梅雅小姐，一手拿起之前我送她的藍玫瑰魔劍，揚起嘴角。

波奇急忙衝回房間，然後高舉兩把木魔劍，開心地跑回來。看來她打算立刻開始練功。

「小玉啊，近來可好？」

「不錯不錯是也～？忍忍。」

小玉的師父西西托烏亞先生，是個輕裝打扮的武士精靈，口氣沉穩，感覺很硬派，但是外表青春，感覺像個裝老成的國中生，真是趣味。

我看這兩位悠哉悠哉，不打算要開始訓練，所以把他們帶去別墅，找莉薩的師父古爾加波亞先生、尤賽克先生，以及娜娜的師父基瑪薩露雅小姐、凱利爾先生，還有露露的槍法師父比西羅托亞先生。

「喔，西亞，波雅沒跟你在一起啊？」

「波雅說要和波奇較量一番，到院子裡去了。」

「那個戰鬥狂讓人頭大啊。」

「正是正是。」

如果問我這個溫和派的人，我會說在場六位師父也是同類。

「果然比不上莉薩閣下。」

「哪裡，我才是第一次碰過像凱利爾閣下這樣的高手。」

「這是不提佐藤嗎？」

「主人是不同境界的。」

莉薩與矮人凱利爾認真比試完之後，這樣說了一段話。

不過他們的認真比試並沒有刀劍相向就是了。

因為兩人剛才在客廳的角落比誰吃得一口好肉。

莉薩誇我誇很大，但我並沒有什麼絕對味覺，只是烹飪技能升級之後，可以精準感受到口味的差異。他們兩個光是吃一口就知道產自何處，是公是母，我哪裡比得上？

我只是用鑑定技能跟ＡＲ顯示得知資訊而已。

除了莉薩跟凱利爾先生之外，還有人在圍小圈圈。

「原來如此，所以該小心的是『魔法中和』跟體力降低之後的失控狀態對吧。」

「嗯，不錯，主子也很煩惱這兩點。」

有人正在教導亞里沙與「樓層之主」交戰時的重點，正是影人族的賽奧爾先生。

聽說精靈賢者托拉扎尤亞先生待在迷宮都市的時候，賽奧爾先生是他的斥候。

聽說他討伐過「樓層之主」，才麻煩他跑一趟。

「亞里沙閣下一行確實功夫高強，不過『樓層之主』又是另一個境界的對手。主子曾經擊退過龍，三次挑戰樓層之主卻輸了兩次，要是各位自覺占不了上風，最好速速撤退，等待下次機會。」

「謝謝賽奧爾先生！沒問題！我們的壓箱寶多到可以拿去賣！明天就狠狠砸過去啦！明天晚上的餐宴，要給你們吃前所未有的山珍海味喔！」

亞里沙聽了賽奧爾先生的建議，鬥志反而更加高昂。

有鬥志是不錯，但餐宴的廚師應該是我吧？

希望她別亂提升難度，因為我已經快沒菜色可換了。

精靈烹飪研究集團曾經傳授過我很多妖精菜，但是做給精靈吃，人家看就膩了。

這陣子吃的不是西餐就是和餐，搞不好我得學中國菜或創意菜了。

「大家都準備好沒有？」

隔天早上，我喊了整裝待發的夥伴們。

前鋒隊穿上最近的正裝，金光閃閃的奧利哈鋼合金全身甲；後衛隊身穿金光閃閃、華麗花俏的奧利哈鋼纖維禮服甲，以強化魔力功能為主。

露露的女僕武裝也用了奧利哈鋼纖維，但是金光閃閃的女僕裝感覺超不搭，所以表面鋪了裝飾用的黑布。至於裡面穿的連身衣則是銀皮纖維製造。

露露的另一個任務，是緊要關頭保護亞里沙和蜜雅，所以身為後衛，裝備重量卻僅次於娜娜。

「遵、遵命主人！」

我一喊，莉薩緊張地回答。

要挑戰「樓層之主」之前，大家都神色緊張，尤其近戰領隊莉薩和後方指揮亞里沙，更有點快被責任壓垮的感覺。

「是喲！便當跟點心都沒問題喲！」

「香蕉也有準備喔～？」

「當然喲！因為香蕉不算點心喲！」

波奇跟小玉雙手握著香蕉擺姿勢。

我轉頭去看亞里沙，但是嫌犯慌得沒有注意到我在瞪她。

「裝備檢查完成，我這麼報告道。露露做給我的造型便當有小雞圖案。」

全裝備的娜娜，從妖精背包裡拿出用布包好的便當盒給我看。

妳們三個把便當看得跟裝備一樣重要，也太強了吧。

「主人，我想去開通往『試煉之間』的門。」

「好吧，那我就幫妳『看看』這個『試煉之間』。」

我在半空中投影出對戰「樓層之主」的「試煉之間」。

亞里沙看了投影確認目的地，使用「空間連結門」魔法創造通道前去。

空間魔法「空間連結門」和「轉移」不需要刻印板，但必須很熟悉目的地或親眼見到。

「那，我們就前往『試煉之間』吧——」

我們踏入通往「試煉之間」的連結門。

「試煉之間」空間極為寬闊，昨天夥伴們已經掃蕩了裡面的魔物，所以我的雷達上沒有顯示魔物的紅色光點。

等待夥伴們施放完支援魔法。

「怎麼樣？要由我來召喚『樓層之主』嗎？」

「沒問題！我來！」

我自願扛最危險的任務，但是兩眼亮晶晶的亞里沙一口答應下來。

「昨天我問過賽奧爾先生，他說召喚之後，樓層之主肯定有十秒鐘無法動作。」

「這樣啊，不過別大意，要展開防禦魔法再動手喔！」

「嗯，我知道，主人真是愛操心啊。」

我用魔力轉讓補充亞里沙減少的魔力，給她忠告。

中央廣場地形平坦，大家拉開距離，在廣場邊緣布陣。要看是哪個「樓層之主」現身來選擇使用的魔法，所以蜜雅待在娜娜跟露露可以顧到的地方。

我們也已經趁昨天搞好了陣地，壕溝，甚至陷阱洞。

「大家各就各位了吧！我要動手嘍！」

亞里沙透過我的風魔法對大家傳聲。

因為試煉之間實在太大，不容易有回音。

亞里沙將進行召喚用的魔核，放進祭壇上一只刻有怪異文字的甕裡。

「我等，挑戰不可能之人！乃是命定，對抗神魔與世界定理之人！」

亞里沙喊了很中二病的召喚句，廣場發出紅光，浮現像是召喚陣的圖樣。

「在此提出證明，要求挑戰『樓層之主』！」

召喚陣的光芒開始緩緩閃爍，像是心臟的跳動。

「帶來三項證明，至汝面前！」

連地面也隨著光線閃爍傳出震動聲，還可以聽見像耳鳴的高頻聲。

「我乃挑戰者！試煉啊！當下速速現身！」

召喚陣發出強光，刺得眼睛都睜不開。

然後——

那傢伙就從召喚陣上冒了出來。

狗頭古王

「我是佐藤。年輕的時候碰到意外，腦筋轉得快，現在就會腦袋當機，要等一下才能行動。幸好年輕人看了，會以為是老經驗的從容不迫。」

「哎呀，抱歉，你們開召喚陣，我就搭了順風車。」

召喚陣上冒出一個，身高一百八十公分左右的紳士。

紳士身穿做工精緻的白色三件式白西裝，披著白色大衣，手戴一雙白手套，還拿著一公尺多的手杖。

「樓層之主應該很快就來，不用理會我，儘管挑戰去吧。」

他臂彎裡還抱著一頂大禮帽，隨興地對亞里沙這麼說。

「不會吧……」

亞里沙在我身邊發抖，緊抓我的手臂。

「……魔、魔王。」

亞里沙嘶啞地說了。

下一秒——

紳士望向我這邊來。

方才悠哉的氣質，轉瞬成為足以凍結空氣的殺氣。

紫色的瞳孔像是冰冷的風雪，冷冽又殘忍。

光看那雙眼睛就讓人起雞皮疙瘩。

要是沒有恐怖抗性，我可能已經驚慌慘叫了。

「哦，看得見啊。」

一張長滿紫色體毛的狗臉睥睨亞里沙，就像看著路邊的石子。

我讓亞里沙躲在背後，迅速用AR顯示確認他的情報。

——不妙。

AR顯示的情報讓我焦慮起來。

「虧妳看得穿，我就是魔王。」

狗頭魔王抬頭睥睨，肯定亞里沙的話。

AR顯示的名字是「狗頭古王」，稱號有「真正魔王」「魔王」「解放者」「虐殺者」

「救世主」「妄稱神者」「神敵」等等，有點自相矛盾。

他的等級不到我的一半，但是除了我之外，過去沒見過這麼高的等級，更頭痛的是不知道他有什麼技能。這個等級的對手會突破我的防禦魔法攻打過來，如果不小心應付，夥伴們會受傷。

我希望至少讓夥伴們撤退到安全地區，從頭來過。

亞里沙嚇得直發抖，我對她說一聲把她輕輕抱過來，方便隨時帶她逃走。

「不過大家可以放心，我沒有處分你們的打算。」

魔王摸摸長滿深紫色體毛的嘴角，就像在捻鬍鬚，帶著絕對強者的從容對我們說話。

「我想打的只有眾神跟祂們的狂信徒，我這個人不喜歡見到誰就亂放無雙來玩，所以麻煩別挑戰我喔！」

奇妙的是，察覺危機技能並沒有反應。

看來他是真的不打算對我們下手。

「主人，我來爭取時間——」

亞里沙身上發出紫光，光波撩起她的奧利哈鋼纖維頭紗，露出頭紗底下的淺紫色頭髮。

拉拉其埃事件當時批准的事情，我好像忘記取消了。

「亞里沙，等等。」

我小聲阻止亞里沙。

「哦，難怪看得見。」

魔王正打算離開，但是見到亞里沙的頭髮就停下腳步。

「體內藏著『神之碎片』的種子姑娘，聽我一個忠告吧。」

——神之碎片？

我腦中想起「不死之王」賽恩跟魔王「黃金豬王」被打倒的時候，曾經出現小小的紫色光點。

那個神秘光點，以稚氣的聲音說著邪魅的字句。

除了神劍之外，連碰都碰不到的神祕存在。

記得那顆光球，就叫做神之碎片。

——難道，亞里沙體內也有那個東西？

不要胡說八道——我想這麼說，但是腦海裡不斷浮現出討厭的回憶。

亞里沙使用獨特技能的時候，她的身體就會流過淺紫色的光波。

跟亞里沙一樣是轉生者的「不死之王」賽恩，使用獨特技能的時候會發出紫色效果。

最後是在公都地下遺跡打倒的魔王「黃金豬王」使用獨特技能時發出的黑紫色氣場。

這三個光景交疊在一起。

——等等喔。

賽恩最後說了一句讓我掛心的話。

「至少趁我連心都變成魔王之前，毀滅我。」

這也符合魔王「黃金豬王」的事情。

說不定「神之碎片」就是超常獨特技能的來源，而且——

「總有一天，妳會找到真相。」

我在煩著思考的時候，魔王繼續說了。

「但是種子姑娘，千萬別絕望。看妳是要放縱情緒，走脫人道，淪為發狂的魔王，遭到勇者討伐，或者是變成我這樣理性的魔王與世界對抗，端看妳的心靈有多強。」

——真假？

如果魔王剛才說得沒錯，那我剛才想的事情八成也沒錯。

畢竟這個世界有把人變成魔族的道具，「短角」跟「長角」。

同樣地，「神之碎片」就是把人變成魔王的東西了？

「是要變成魔王，還是逃避現實當個人，就看妳怎麼選了。」

魔王還給我們建言，不知道是好心還是雞婆。

但是我真不想讓亞里沙聽到這番話。

「小心勇者，他們是巴里恩的走狗。哼哼哼，我這個狗頭說人家走狗，挺難笑的。」

狗頭魔王訕笑說。

我緊盯著他的舉動，對後方的娜娜等人打手勢。

娜娜和露露看了手勢，立刻施加物理防禦和魔法防禦。

手勢內容是「強敵出現，保全性命」。

我有幾件事想對魔王問清楚。

「可以問你問題嗎？」

「扛行李的挑夫啊，你的屁話我不想聽，等你升級到跟這姑娘一樣再來吧。」

魔王這時候才看我，對喔，我交流欄等級還是三十級呢。等等升到跟夥伴們一樣好了。

「嗯？」

魔王看了我突然露出驚訝神色，沉思片刻，好像想通了什麼。

然後他一個巴掌貼在額頭上，緩緩抬頭四十五度，一副自戀樣。

「在這種地方假裝『人類』，是不是太瘋癲了些？」

他不屑地撂話，口氣還有點疲倦。

難道他看穿我有三百一十級？

不過說我假裝「人類」也太過分了。

「玩耍適可而止啊。接下來我還有重要的工作，要燒毀全世界的神殿——」

——燒神殿？

我腦中回想起「黃金豬王」復活時，看見賽拉的遺體。

以及特尼奧神殿裡巫女長與其他人，天真善良的模樣。

——你說，你要燒那樣的神殿？

我用縮地將亞里沙推給後方的娜娜，再用縮地貼近魔王，抽出聖劍直刺他的喉頭。

但是魔王面前出現一片薄板，劍尖只能稍微刺穿薄板就停了下來。

我太性急了。大概是中了迷宮都市的空氣的毒吧。

「——你還是一樣胡來，竟然想刺穿物理攻擊完全無效的『絕對物理防禦』防盾啊。」

「不好意思，你剛才說的話，我不答應。」

受不了，我還以為能跟這個魔王和平相處，聽他口氣溫和就大意了。

然後麻煩不要說得好像我跟你很熟好嗎？我的朋友裡面並沒有一個「狗頭魔王」喔。

「你是顧忌我火燒神殿？」

「沒錯。」

我想著怎麼打倒魔王——不行，這裡地方太小，會把大家拖下水。如果使出全力魔法，以大家目前的裝備跟等級絕對不會平安無事。

「我們出去吧。」

我揪住魔王的大衣，使出「歸還轉移」回到大沙漠石神社裡設置的刻印板。

還以為魔王會抵抗轉移，沒想到他老實地跟來了。混著沙的熱空氣擦過臉頰。

「嚇！什麼人！」

魔王背後傳來熟悉的聲音。

——慘了。

我立刻使出快速換裝技能，瞬間變裝為勇者無名，當然把名稱跟稱號也換好了。

有魔王的身體遮掩，就算我的身體被看見，臉應該也不會穿幫。

看來希嘉八劍的赫密娜小姐一行人碰巧調查我的石神社，而我碰巧轉移過來了。

「嗯，是魔王！快、快逃啊！」

「魔、魔王？」

「「「狗頭魔王！」」」

「狗頭的邪神啊——」

一聽狐將校報告，聖騎士們與赫密娜小姐驚恐大叫。

「煩哪，丑角下台去吧——」

魔王彈了下指頭，立刻產生魔法衝擊波撞飛赫密娜小姐一行人。

聖騎士們是有迅速舉起大盾要擋，但還是被衝擊波撞到石神社外面，掉在沙漠裡。

我拿出收在儲倉裡的都市核終端機。

「排除對象。」

『接受委託，進行排除。』

我嘴裡指示要將赫密娜小姐一行人排除到領地之外，都市核直接在我腦中回答。

雷達上的光點消失了，打開地圖看看，赫密娜小姐一行人的光點，已經移動到希嘉王國與大沙漠邊境的某座山上。

「竟然對那種貨色開恩，真是寬宏大量啊。」

魔王發現我把赫密娜小姐一行人轉移走，聳聳肩，口氣無奈。

看來魔王對她們的死活毫無興趣。

我知道機會渺茫，還是問他有沒有打算改變屠殺神殿人員的念頭。

「剛才你說的，有打算取消嗎？」

「沒有，這可以說是我生存的意義，我成為魔王，就是為了消滅神與神殿的傀儡們。」

——果然不行。

剛才一時激動差點砍了他，但我真的很想討論出一個折衷方案。

可惜看魔王這樣的口氣和態度，應該是不行了。

古時候魔導王國拉拉基的國王也曾留下傳說：「邪惡狗頭魔王，一心追殺虔誠神官巫女，燒毀天下神殿。」

「那就只好打一場了……」

「嗯，我這是第幾次被你殺了？偶爾也讓我還個顏色吧。我可是兩萬年前毀掉天下所有神殿的原始魔王，好歹也有點尊嚴。」

前提是你會輸啊？

更重要的是「他被殺過很多次」，看來就算殺掉了，過段時間還是會復活，那我就可以放心開打了。

既然躲不掉這一戰，那就全力以赴。

如果跟之前交手的「黃金豬王」同樣水準，就不能太死腦筋。

我沒有悠哉地等什麼開始動作，立刻使出最快光魔法「光線」先發制人，這次沒有加上「聚光」來聚集光線，因為花招太多就不算偷襲了。

這招可是烤焦大怪魚托布克澤拉的必中魔法。

——怎麼了？

沒想到光線主動扭轉軌道，閃過魔王的身體，在沙漠上打出一個洞，捲起無謂的烈焰與沙塵。

——怎麼，沒打中？

「您忘了？碰上我的特殊技能『機率變動』，精密射擊系的魔法與武器派不上用場啊。」

這個作弊哥。

我有點懂亞里沙的感覺了。

獨特技能應該改名叫作弊技能才對。

但是魔王好像又繼續誤會，自己把獨特技能的底牌掀給我看，真是幫大忙了。

這個技能很賊，不過要是我直接揍他，或是用大範圍魔法好像就沒影響。雷射軌道偏掉是讓我嚇一跳，所以不用雷射就好了？

「那就請您留意了。『召喚眷屬』」

魔王眼睛發出紫光，面前出現巨大魔法陣。

這很像黃膚魔族在公都使出的魔法陣，我以為會叫出鯨魚來，結果什麼都沒來。

這漏氣可漏大了。

「怎麼了？」

「失敬，炎王、空王、陸王、海王四大眷屬，似乎都被封印了。」

就是狗頭四天王嗎？

不好意思，除了陸王之外都被我討伐掉了。

「臨時趕工的東西可能不夠瞧，還請多包涵——」

魔王說了，拔下耳邊的毛，一口氣把毛吹開。

「眷屬啊。」

那些毛化為紫色的狗，整批往我撲過來。

——你孫悟空喔！

AR顯示這些飛天的紫毛狗叫做幽狗，等級五十級，會使用「分解」噴氣。

看這攻擊方法相當煩人，所以我在幽狗群貼近之前，使出中級攻擊魔法「火焰暴風」，一網打盡燒個精光。這招的效果範圍比「火焰爐」要大，輕鬆多了。

「威力還是這麼胡來，看來根本不像下級魔法『火輪』，這才值得我一戰啊。」

不對喔，「火焰暴風」是中級喔！

——嗯？

我在心中吐槽魔王之後，發現一件不太妙的事情。

哪有人會以為下級的「火輪」威力跟我的「火焰暴風」一樣？

真有這種人，應該就是魔神了吧……

我有點喪氣，把方針從「討伐魔王」改為「收集情報」。

為了大家的安全，以及往後的觀光生活，得從他手上收集情報才行。

對一個不能放水的對手收集情報，玩起來有點勉強，不過他應該是個大嘴巴的傢伙。

有兩件事情要對魔王套話。

最重要的就是「神的碎片」。

他說人表現出強大的負面情緒，例如絕望，就是成為魔王的爆點。

亞里沙的情緒起伏激烈，如果有方法能排除「神的碎片」，我可要問清楚。

「那就來下一招吧。」

——魔王叫出一隻獅身老人臉的巨大魔物撲來，我隨便用空間切斷魔法剁碎收工，這魔物有七十級，還頗高的。

「果然蠍尾獅也是秒殺啊……」

對，第二招就是叫做蠍尾獅。

我大概猜得出來，但是要知道魔王是什麼脾氣，會使用那些招數和道具。

其實我不想跟他交手，但是要做好萬全的準備，否則危急關頭保護不了大家。

「那麼，這招如何？」

這次出現火焰巨人與龍捲風巨人左右包抄，我用「爆縮」魔法把它們壓扁，這兩尊只有六十級，不是特別高，但是看來都有很高的抗性。

「不愧是主君，剛才的風精和伊夫利特，可是我從高等精靈手上搶來的壓箱寶喔！」

魔王一直講些什麼，但沒有特別重要，當耳邊風。

總之先把他揍得體無完膚，看他會不會答應不對聖職人員動手好了。

聽說惡魔不會背棄自己的契約，不知道魔王怎麼樣？

要是能像少年漫畫的敵角一樣，打完成為好朋友那就輕鬆了。碰到危機的時候還會跑來幫忙，藉口說「只有我才能打倒你！」這樣。

「那麼接著就換個方向吧。」

他可能認為單一的強大魔物沒有意義，就在沙漠裡召喚出數百隻鮮紅色的蠍子，雷達上的光點愈來愈多。

嚇人的是每隻蠍子的等級都跟「區域之主」或者其眷屬差不多。

召喚出來的蠍子將我團團包圍，我還想說會不會毒針齊發，結果牠們的蠍螯像機關槍一樣打出火彈來。

「光這樣對你來說不過是群蝦兵蟹將，不過——」

魔王身上流過紫色光芒。

「——這可就不一樣了。『滅心狂亂』」

蠍子打出來的火彈體積變大，連發速度也往上跳一階。

裡面還有些蠍子變得更大，顏色成為朱紅色，然後背上的甲殼像潛水艇的SLBM發射口一樣打開來，射出追蹤型火球，簡直就像飛彈。

我在魔法欄裡面選擇「追蹤震撼彈」。

眼前飛來的火球與火彈，在AR顯示之中接連顯示出鎖定圖標。

瞬間鎖定完成，使用「追蹤震撼彈」迎擊。

蠍子本身使用「聚光」與「光線」的合體技來收拾。

少數沒打掉的火球，使用「自在盾」與新學會的「自在劍」來架開。

是說如果要這樣大量召喚，叫點巨大的牛或豬還比較好。應該叫他效法黃膚魔族的品味，人家叫了鯨魚來呢。啊，麻煩不要叫牛頭人之類的。

不過召喚這麼多東西出來，魔王的魔力只消耗三成，是怎麼回事？

難道是魔力有十萬，高到嚇死人嗎？

「受不了，『召喚軍團』搭配『滅心狂亂』的無敵軍隊，碰到您也不過是群哥布林啊。」

魔王看我用魔法殺得屍體堆積如山，面露難色。

我邊打邊想事情，隨便用暴力收拾，看來他不喜歡。

嗯，認真點吧。

「抱歉，我在想點事情。」

為了保持魔王的誤會，我試著裝大牌。

「這個抱歉可真罕見，您不是除了女童之外，全都不放在眼裡的嗎？」

——嗯，沒想到是個蘿莉控！

話說雅潔小姐說過，魔王跟魔族沒有攻打過精靈的森林。

我還以為是怕了精靈的戰力，結果是因為幕後黑手只愛蘿莉，有點超乎想像。

啊，我自己被搞亂了怎麼行？得把話題轉到亞里沙身上。

「先前你親切告誡那紫髮姑娘，我有點意外罷了。」

「轉生者並不罕見，但是看那姑娘淪為您的玩物，我於心不忍啊。」

「如果不忍，拿掉她的碎片就好。」

「是要我殺了那姑娘？您剛才應該明白，她不過單腳踏入神座，碎片是拿不出來的。」

——嘖，沒辦法拿出來就對了。

我的企圖落空，輕輕咂嘴。先前跟特尼奧神殿巫女長商量基亞斯的事情，有談到過向神許願的魔法，問問她能不能靠這個取出「神的碎片」好了。

「那麼就開始第二回合吧？聊上這麼一段讓我恢復魔力，也是值得了。」

魔王將手杖甩了一圈，變成長達三公尺的長柄闊刀，跟我認識的闊刀有點不一樣，闊刀的部分是大劍尺寸的巨大刀刃。

我也從儲倉裡拿出聖劍。

要是把聖劍光之劍弄壞了可不好，所以我拿出穩定前鋒——聖劍迪朗達爾。

迪朗達爾不如聖劍王者之劍那樣鋒利，但是各種數值很平均，好上手。而且就算刀鋒鈍了，放回劍鞘裡高喊聖句《化為永恆吧》又會復原，保養就輕鬆多了。

我自己的聖劍使用奧利哈鋼，搭配精靈鄉學來的技術，跟「神授聖劍」已經差不了多少，但是要拿來打魔王還是有點心虛。

「怎麼了？方才也用了勇者的武器，是不是玩心太重了些？或者說對付我，不配用上您引以為傲的次元刀和虛無刀？」

這些武器的名字好危險啊。

魔王誤以為我是某個幕後黑手，我百分百不想見到那傢伙，如果真的要打，麻煩等個一千年再說。

不對，說一千年搞不好還會被扯什麼誤差，麻煩等宇宙大擠壓之後再打吧。

「那，就讓您見識我想使的招數吧。」

魔王的身體周圍浮現八色光球。

察覺危機技能發出警告，反應很像之前勇者夥伴使用禁咒當時的反應。

感覺很危險，乾脆在出招之前用「魔法破壞」消除掉？

我這麼想，捲動選單的魔法欄。

「先來個，炎之劍。」

魔王將長柄闊刀插進紅色光球，刀刃燒熔，化為長達一公尺的火焰刀，熊熊燃燒。

——是這樣用的喔！

用法出乎意料，我不禁在心裡吐槽。

魔王似乎抓準我的破綻，急速逼近。

——好快。

比瞬動還要快。

魔王猛烈一刀，感覺連空氣分子都能砍成兩半，我對迪朗達爾灌輸魔力產生聖刃，準備格檔。

但是察覺危機技能瞬間發出強烈警告。

——不妙。

我在接刀之前收手，選擇閃躲。
躲不過的火焰刀，就用「自在劍」和「自在盾」架開。
「——燒掉了？」
「自在劍」和「自在盾」是用術理魔法製造的虛擬物質，但我第一次看它們燒起來。
我可以用火魔法破壞它們，但是沒看過它們燃燒。
「這是我將『燃燒』概念打造出的刀刃，沒想到能燒掉您的神舞裝甲和龍破斬哪！」
看來幕後黑手兄有些招數，是「自在盾」跟我的「自在劍」的上級互換技能。
想法跟我類似感覺真不舒服，搞不好人家還完成了我正想要創造的魔法呢。
——啊，別再疑神疑鬼了。
「從洞穴巨人魔王手上搶來獨特技能『森羅萬象』，竟然如此好用，真是個愉快的失算哪。」
可以搶其他魔王的獨特技能？
根據他剛才談亞里沙的內容，應該是要殺了魔王才能搶。
咦？那怎麼不搶亞里沙的技能？
我來激他看看好了。
「哼，原來是跟其他魔王借來的，怎麼不搶剛才那姑娘的技能？」

「我很清楚自己的器量。」

魔王回答我的問題，此時「燃燒」效果結束，他又將長柄闊刀插進白色光球。

ＡＲ顯示那顆光球的效果是「消滅」。

「目前我有九項獨特技能，已經是這軀殼能包容的極限了。要是取得更多，『碎片』的力量將吞噬我的心性，讓我淪為發狂魔王。」

原來不是想放多少就放多少。

但是有九個獨特技能也太強，豬王有三個，亞里沙有兩個，賽恩我直接確認的只有一個，但是根據他的口氣應該有兩到三個。就算我有四個，魔王也比我多很多。

我決定用「自在劍」和「自在盾」擋住魔王的長柄闊刀，然後趁機用「爆裂」魔法破壞所有光球。

把「自在劍」和「自在盾」疊在一起，準備架開逼近的白色刀刃。

——不對，這不行。

「自在劍」和「自在盾」一碰到白光就瞬間消失。

「自在盾」就算碰到黑龍赫伊隆的噴氣，還能夠撐一下下，現在連一下下都沒有。

靈機一動，直接把「爆裂」魔法炸到魔王身上。

魔王可能是看穿了，做出一道漆黑幕簾擋住「爆裂」。

AR顯示漆黑幕簾是「絕對魔法防禦」。

搭配剛才的「絕對物理防禦」不就無敵了嗎？

連黃金豬王也只有到「物理傷害百分之九十九減免」跟「魔法傷害百分之九十減免」，竟然有比這個還高的，是有沒有這麼作弊？

「——嘖。」

我又咂嘴，思考下一招。

我想說或許兩個效果不能同時使用，就從儲倉裡拿出散彈槍。

散彈槍所使用的散彈，跟對戰豬王時大放異彩的聖箭，是一樣的製程。乾脆取名叫聖散彈好了。

我趁「爆裂」的煙塵消散之前，用散彈槍射擊魔王。

同時使用「加速門」魔法加強威力。

聖散彈灌輸了過剩的魔力，以超音速飛向魔王。

魔王面前浮現許多鱗片狀的小盾前來阻擋。

不過聖散彈瞬間撞飛小盾，打進魔王的體內。

藍色的彈雨打爛了魔王的下半身。

幸好「絕對魔法防禦」跟「絕對物理防禦」不能同時使用。

「了不起——不愧是主君。」

魔王的下半身被聖散彈打爛，還是拿著發白光的長柄闊刀往我砍下來。

我用聖劍迪朗達爾架開闊刀刀柄，勉強逃過這刀。

但是就連聖劍迪朗達爾，碰到白光的部分也完全消滅了。

如果有能夠發射這種光的招數，可能還真有點危險。幸好效果沒有擴散到刀柄上。

我將劍尖消失的聖劍迪朗達爾收回儲倉，拿出之前自己用奧利哈鋼做的聖劍。

我可以用聖句修好聖劍迪朗達爾，但是不想露出破綻，所以等等再修。

「呵呵呵，竟然把火繩槍一般的骨董拿來這麼用！您真是夠瘋癲了。」

嗯，最後大魔王是個瘋癲愛玩的人。

那些「森羅萬象」光球很麻煩，所以剩下的都用聖散彈打掉了。

「但是我認真起來，可不只如此喔！」

魔王下半身毀了，卻還是飄在半空中。

「只要搭配『召喚軍團』、『森羅萬象』和『滅心狂亂』，還可以做到這個地步喔！」

魔王身上流過三道紫光。

同時，沙漠的沙礫接連形成奇形怪狀的魔族。

用「森羅萬象」把沙漠變成魔族的溫床？

這實在太作弊了。

誕生出來的沙魔族大概都有中級魔族的實力，加上狂亂狀態，攻擊力達到百分之三百。

魔族附近飄著金光閃閃的沙塵，應該是要對付我的光線。

要是等對方做好準備就麻煩了，而且沙漠裡多得是沙，不可能排除，所以我決定同時殲滅。

我先飄上半空，地面的沙魔族捲起沙塵創造長槍來射我，不過自在盾可以輕鬆防禦。

大概五槍就毀掉我一面自在盾，要是數量增加就麻煩了。

——好啦，觀察到這樣就差不多了。

我在空中打開儲倉，拿出海水。

這大量海水約有一百座校舍的體積，我使出最近以卷軸學會的水魔法「滿潮浪」。上級水魔法「召喚滿潮浪」不限施放地點，但中級必須在海洋或湖泊等水源附近才能使用。

碰到熱沙會蒸發一部分，但壓倒性的質量還是輾過了沙魔族。

不過只有造成傷害，不至於消滅。

「喔喔，不愧是魔之至尊！特地在沙漠裡創造海嘯！我想都沒想過啊！」

魔王大聲讚嘆，演得很誇張，感覺有點把我當笨蛋。

我接著對淹在水裡的沙魔族使出「冰結空間」，再加上「爆裂」魔法，被凍住的沙魔族就跟著冰塊一起煙消雲散。

我還以為這招對沙子無效，但看來成功消滅敵手了。

「實在清涼，不敢置信這裡是沙漠。」

魔王的下半身重生回來，裝模作樣地深呼吸。

看來剛才那批沙魔族，是魔王用來爭取時間修復下半身的。

為了下一道咒文，我先用火焰爆風蒸發了冰塊。

蒸發之後的水在天上形成厚厚烏雲，烏雲轟轟作響，雷光閃爍，感覺像是天魔最終決戰的場面。

我看情報也套得差不多了，再問他一次想不想回心轉意吧。

「我再問你一次，真的不打算放棄屠殺聖職人員？」

「毫無打算。我這麼說或許是班門弄斧，但是破壞神殿、屠殺神官巫女、減少信徒，是削減眾神力量的必要行為。想要對抗眾神，必須先奪去神力的源頭。這源頭是信仰，祈禱，以及眾神捏造的錯誤認知『神是絕對的善』。」

所以這邊的神明，跟希臘神、北歐神一樣喜歡搞外遇，而且沒道德？

「為何這樣討厭神？」

「那更是多此一問，這星球上的人在他們眼中，不過是用來強化能力，登上神梯的家畜——不對，只是肥料罷了。」

魔王交叉雙臂，用手指敲著手臂說。

「只要對自己不利的文明即將茁壯，就引發內憂外患來製造動亂，再發下天災地變，促使人類求神。」

魔王雙眼滿是憤恨，訕笑著繼續說下去。

「神諭說將有天災，卻不肯抵抗天災，只是看著人們祈禱。然後看準人類絕望的時機，才出手幫忙。」

魔王大嘆一口氣，搖搖頭。

「這種只會自導自演，無能卻全能的傢伙，您不覺得想要剷除一番嗎？」

輕易聽信魔王不太好，但他說的確實都有點道理。

如果曾經出現過勇者和轉生者，科學應該要更進步才對。

至少世界上紙張這麼普遍，卻沒有活版印刷技術，太不自然了。就算做不出大量飛空艇，至少可以做氣球或飛船吧？而且只要用火魔法，一個人就足以操作熱氣球了。

「我要從愚神的禁錮之下解放人類，還他們真正的自由——」

我在思考的時候，魔王還是講個不停。

沒想到突然殺出程咬金，打斷我和狗頭魔王的對話。

◆

「——什麼人！」

魔王大喊一聲，不詠唱就使出火魔法。

一道業火暴風，足以匹敵我的火焰暴風，卻在空中的角落不自然地消滅了。

——扭曲？

天上出現一道人影，逐漸形成人型。

那人跟這場合非常不搭，是個五六歲的女童。

——不對。

那絕對不是普通的女童。

因為她散發出來的氣魄，遠遠超乎魔王之上。

看見她的身影，立刻打從心底震顫起來。

但不是脅迫或恐懼。

——歡喜。

就好像多年老友重逢一樣，難以言喻的滿心喜樂。

ＡＲ顯示女童身邊的說明是「身分不明」。

我應該沒見過她，但那張臉就是眼熟。

「沒想到妳竟然在我主君面前現身！小看妳這孬種了——巴里恩！」

魔王又射出幾支大如電線桿的火焰長槍，但是女童輕輕揮個手，長槍就消失了。

這個女童就是召喚勇者的巴里恩神？

「不可以聽魔王胡說八道喔！」

女童毫不在乎魔王的攻擊，低頭對我微笑說了。

「混帳巴里恩！」

魔王做出剛才那顆「燃燒」光球，轉換長柄闊刀的刀刃，砍向女童。

結果女童就像紙糊的一樣瞬間燒滅。

——哎呀？神這麼弱喔！

「我的勇者啊，沒禮貌喔！這是怕你被魔王給拉攏了，才特地創造的虛假幻影呀。」

女童又突然現身，糾正我剛才的想法。

難道她會讀我的心啊？

「你說我主君是勇者？」

「你先閉個嘴吧。」

空中出現一幅畫，將魔王困在其中。

這下我想起來了。

我就想說那張臉很眼熟，原來是公都博物館裡，那個從畫中對我揮手的女童啊。

我還想說好奇幻的一幅畫，原來真的是靈異現象啊！

——不是靈異，是神明顯靈了啦。

「你總算想起來啦。」

等等，她當時就來接觸我的話，代表她知道無名的真面目就是佐藤？

「對呀，因為我一直在你身邊呀。」

沒想到神明是跟蹤狂啊。

「真過分，至少說我是守護靈或守護神吧。」

請不要再跟我的心聲對話了。

啊，有更重要的事情要問。

「神啊，您是否如那魔王所說，抑制了文明的發展？」

「至少可以說我對人類的活動沒興趣，我有興趣的永遠都是你一個。」

好像被她敷衍過去了。

我得問得更清楚點。

「所以您沒有操作人心，避免活版印刷術和熱氣球技術普及？」

「好像有神明這麼做喔！但是為什麼要妨礙活版印刷普及呢？你知道地球上最暢銷的紙本書是什麼嗎？想想看吧。」

暢銷書應該就是那個了吧。

這麼說來，妨礙文明發展的神又打什麼算盤？

「那麼您有刻意引發天災，自導自演收集信仰嗎？」

「我個人是沒有，但是其他神好像有喔。天災地變其實不太好控制，所以有些神玩到一半，就讓彼此的信徒與使徒互相交戰，或是把浮游島賞給信徒，讓人類統治著玩喔。」

她說了聳聳肩，一臉事不關己。

神明確實很有可能這樣搞……但是妳剛才說魔王胡說八道，現在怎麼講得都很肯定魔王呢？

「不過當魔神創造了『魔王』這個機制之後，神明們就不太玩了。因為神明不用自己動手，『魔王』跟『魔族』會代替魔神引發適度的災難呀。眾神只要坐著乘涼，信仰自然就來，生活簡單輕鬆啦。」

感覺不太對勁。

小朋友神話故事裡面描述的巴里恩神是個女童模樣的神明，四處遊說國王，並懇求龍神教她召喚勇者的魔法，想幫助那些受到魔王與魔族威脅的人類。

但是眼前的女神可以輕鬆封住魔王，又超然地對人類活動不感興趣，跟我所知道的神話大相逕庭。

我明白故事書跟事實都有出入，但是這個出入讓我非常在意。

「我的勇者，聽明白了？你只要永遠保持自我就好。要永遠堅強壯大，值得與我比肩同行。」

她只說到這裡，就消散在半空中。

>獲得稱號「女神的寵兒」。

◆

「嗯喔喔喔喔！」

狗頭魔王撞破空中的畫框，重新復活。

「神的看門狗，你把我騙慘了！」

「是你自己誤會的吧？」

看來畫中的環境很慘烈，剛才還是個紳士，現在則一身破爛。

原本身高一百八十公分，現在好像來了兩段變身，成為身高五公尺的巨大狼人。

一嘴尖牙感覺隨時都要咬過來。

「哎，魔王。」

「囉唆！看門狗給我閉嘴！」

魔王大喊，同時使出「分解」噴氣。

我用自在盾擋住致命噴氣，但是只擋了一下子就被破壞。只好用閃驅躲到噴氣範圍之外爭取時間。

看來我得學會詠唱技能，使用上級魔法，否則擋不住真正強大的攻擊。

「你知道地球上最暢銷的書是哪一本嗎？」

「哼，不就是聖經？難道你想聽我說毛主席語錄或可蘭經？」

我問了凶巴巴的魔王，沒想到他竟然肯回答。

對，活版印刷術造福最大的領域，就是聖經這種推廣思想的書本。

魔王伸長了雙手的尖銳利爪，爪子上施加「森羅萬象」的「消滅」能力。

「所以啦——」

魔王氣沖沖地逼近，一臉瘋狂又仇恨，我邊閃躲他的攻擊邊問。

「那為什麼這個世界的神殿，權威沒有地球那麼強呢？」

「那又怎……」

魔王大吼要反駁我，卻半途愣住。

看來他知道我想說什麼了。

對，如果眾神想要收集信仰，世界卻沒有充滿神權國家或宗教國家，那就怪了。

希嘉王國和沙珈帝國都是由日本人創建，所以有信仰自由。

如果這個世界確實有神，那也應該有神明撐腰的國家。

但是就我所知，目前除了巴里恩神國、加爾雷恩聯盟、特尼奧共和國三國之外就沒有其他宗教國家，而且這三國頂多只是中等規模，根本稱不上大國。

如果有神明撐腰，應該要像過去統治世界的拉拉其埃王朝那樣，形成更強大的國家才對。

至少要是神明可以輕鬆把魔王封在畫裡，魔族是不可能侵略希嘉王國的。

言歸正傳，經書是最方便的傳教工具，活版印刷術又能量產經書，所以我想神明沒理由妨礙印刷術推廣。

如果有誰有理由要妨礙的話，那就是——

「你、你這混帳是說，妨礙文明進步的，是我主君！」

「應該也有點可能是其他第三者啦。總之與神為敵的勢力，阻止神的理念普及，這個想法應該比較好理解吧？」

「怎麼可能……」

看來這下可以說服他了。

「那，我真正該打倒的是——」

魔王說到一半，身上突然冒出紫色光芒，狗頭底下又出現暗紫色的項圈。

「怎麼，這是什麼項圈！」

魔王伸手要抓項圈，卻怎麼也抓不到。

看來那玩意兒跟「神的碎片」相同性質，魔王的爪子有「森羅萬象」的消滅能力，也是抓不到、扯不爛。

「想起來了……我想起來啦！我是那傢伙的——」

魔王大喊一聲，暗紫色的項圈長出一條相同顏色的鍊條，逐漸將他綑緊。

「——咕喔喔喔喔！」

暗紫色的鍊條將他綑緊，然後流通紫色的電光。

ＡＲ顯示發現魔王的血條正以驚人速度減少。

難道魔王只是被幕後黑手兄給操縱了？

「那，那我幹了些什麼？……難道我這漫長的鬥爭歲月，都是錯了？」

魔王被捆著承受電擊，放聲大喊。

是我聽錯嗎？感覺他的口條不太正常了。

對喔，剛才對打之前，魔王好像說他被魔神殺過很多次。

「咕嚕嚕喔，我，是為何要動手殺那些哭喊的巫女？是為何要殺那些，不肯放棄信仰天神的農民啊啊啊！」

魔王流著血淚，絕望哭喊。

「我、我只想讓塗炭的生靈，重獲自由啊，蕾亞——」

魔王的眼睛與嘴巴噴出暗紫色的氣流，表皮鼓脹跳動。

這個，搞不好挺糟的吧？

肯定是發現了事實，進入「放縱情緒，淪為發狂的魔王」的狀態。

我得讓他恢復理性才行。

「魔王，冷靜！」

啊，哪有人聽我這樣講會冷靜的。

看來我也有點慌了。

「我，很冷靜。對，是沉著冷靜，原始的魔王啊！」

魔王大聲一喊，開始變得巨大。

在變大的同時，也從狼人外表變成四腳踏地的野獸。

——WZZZAOOOOOOOHYN。

他對著大白天的月亮，發出仇恨而瘋狂的咆哮。

我光聽都快精神錯亂了。

「冷靜！不要被搞亂了！」

我不斷喊他，但他對我毫無反應。

看來無論我說什麼，他都是聽不見了。

——沒辦法。

只好痛扁他一頓，扁到他清醒過來。

我使出閃驅，從二百五十六個方位施放「爆裂」，又從十六個方位發射聖散彈，狂轟濫炸。

地形被我炸得亂七八糟，不過都是沙子，風吹一吹應該就恢復了吧。

我又召喚烏雲，使出一百二十八道「降雷」魔法砸下去。

＞獲得稱號「暴虐破壞者」。
＞獲得稱號「閃光射手」。
＞獲得稱號「烏雲雷使」。
＞獲得稱號「暴風魔術師」。

好像獲得一堆頗中二病的稱號，不過沒空去管，就別管了。
看來魔王認為聖散彈的威脅程度大於魔法，所以使出「絕對物理防禦」擋住聖散彈，其他魔法則打算用鱗片小盾群跟數不清的眷屬們來擋。
就算失去理智「淪為發狂魔王」，還是可以靠本能戰鬥就對了。
——WZZZAOOOOOOOHYN。
魔王大吼一聲，噴出銀白噴氣。
看來這噴氣帶有冰雪屬性，沙丘和沙漠上的大岩石瞬間結凍，然後這些被吹到的冰雕，隨風煙消雲散。
看來是那種絕對零度型的超低溫噴氣。
「——危險危險。」

我用閃驅閃開了，但是那種沒有預備動作的危險攻擊，看得我心驚膽跳。

——AWOOOOOOOWNN。

一群啣著魔劍的眷屬同時撲向我，但只要不是魔王本尊，就能輕鬆搞定。

就算魔劍上帶有「森羅萬象」的「消滅」效果，只要別被碰到就沒事了。

「燒吧。」

我就跟一開始一樣，使出「火焰暴風」燒光眷屬。

但是這次無論怎麼燒怎麼砍，魔王都會用「眷屬生成」跟「召喚軍團」補充回來，麻煩不要學岩手椀蕎麥（譯註：わんこそば，可以無限再來一碗的麵店）瘋狂追加好嗎。

「接招！」

趁著爆裂的火焰與煙塵，對魔王打出過度充填魔力的聖散彈雨。

我打算痛扁魔王直到他清醒為止，但是狀況不太妙。

「——啊，糟。」

我試著用一百二十道「加速門」幫聖散彈加速，結果威力太強，變得像藍色光束雨一樣蒸發了魔王的身體。

「打過頭了嗎？」

不禁嘀咕一聲，抓抓頭。

但是仔細一看，沙漠的一片血海之中浮現紫色身影，魔王又恢復成原本的四腳猛獸。

「唔噁，不愧是魔王……」

看來就跟之前打倒的「黃金豬王」一樣，只殺一次沒意義。

魔王果然沒那麼好應付。

「咕哈，咕哈呼哈哈哈哈，這般世界，毀了便好！」

喔，又可以說話了。

看來痛扁一頓還是有用處。

「神啊，人啊，魔啊，天地啊，全都毀了吧！『噬神魔狼』。」

魔王等等，不要自殺還拖大家下水啊。而且狗何時變成狼了？

「——怎麼？」

有個暗紫色的半圓光罩，以魔王為中心開始擴散。

半透明的光罩迅速包住整個魔王，而且還不斷變大，慢慢擴散到沙漠與天空。

氣流開始往光罩吹過去。

仔細一看，碰到光罩的沙石就像砂糖碰到水一樣溶解了。

「不會吧？」

我從儲倉裡拿出鐵槍丟過去，只要碰到光罩就漸漸消失。

「這是……」

可見不是看不到，是真的消滅了。

如果跟「森羅萬象」的「消滅」有相同效果，那就難處理了。

剛才之所以會吹風，也是因為空氣碰到光罩被消滅掉，造成氣壓降低吧。

「這可能不太妙喔。」

感覺真像他所說，可以把整個世界都毀掉。

光罩擴張的速度不快，但是沙漠逐漸被掏出一個圓坑。

——WZZZAOOOOOOOHYN。

魔王在半透明的光罩裡面，對著天空大吼。

魔王看的方向，是白晝天空裡的一輪白色滿月。

難道他是在對著月亮咆哮？

「好吧，再欣賞下去就太遲了，我做點能做的事情好了。」

我嘀咕一聲，打開選單魔法欄找個好用的魔法。

試著使用「魔法破壞」，但是魔王的招數似乎不是魔法，所以反而是「魔法破壞」遭到消滅。

接著嘗試用「搶奪魔力」去搶他的魔力，但是出招所需的瑪那被消滅了，不是很順利。

聖散彈跟集束雷射光也都被吸掉，沒有效果。

神劍應該可以對抗，但是看劍身的長度，還沒砍到魔王，我的身體就先被分解了。

「我也不喜歡神風特攻，該怎麼辦好呢——」

我觀察魔王所發動的「噬神魔狼」。

魔王身邊的半透明光罩並不是以穩定速度擴張，只有暗紫色波紋流過表面的時候才會。

——嗯？

當光罩吞沒沙漠上的大岩石，擴張速度就變慢了。

「那就，試試看吧。」

我拿儲倉裡大量的海水與瓦礫砸過去，結果擴張速度比剛才吞沒岩石的時候更慢了。

看來只要砸個大質量的物質，光罩消滅物質的處理速度就會趕不上，暫時退縮。

「那這樣應該可以吧？」

我再次確認地圖上沒有別人。

這麼長時間的天災地變下來，地圖裡似乎都沒人了。是有地蟲、沙丘蠍之類的魔物，不過既然沒有人類被害，也就好了。

「先來降低環境災害——」

我從儲倉裡拿出都市核終端，向都市核確認我的計畫能不能執行，確認之後就動手。

「好，再來──」

我打開選單魔法欄，選定想要的魔法。

準備完成之後，我抬頭看著追求毀滅的可憐魔王。

「──將軍了，下輩子就和平地過吧。」

我知道他聽不見，但還是這麼說，然後發動我選的魔法。

事情辦完，我用「歸還轉移」回到大沙漠的邊界上。

「在這裡也看得到啊……」

這裡已經離得非常遠，還是可以稍稍看見魔王創造的暗紫色光罩。

使用空間魔法「眺望」來確認，光罩在短時間內已經大大擴張，半徑將近一公里。

要是放著不管，就會像魔王說的一樣吞噬全世界。

可惜──

這是不可能了。

我抬頭看著天空。

沒過多久，天空的那一頭就有東西來了。

撕裂渾厚的烏雲。

拖著明亮的軌跡。

繁星帶著巨響落下。

流星雨——這是曾經毀掉龍之谷，殺死最強龍神的最強魔法。

地平線那頭，大質量的隕石擊中暗紫色的光罩。

但是就算光罩吃了一發小山體積的巨大隕石，還是沒有消失。

——嗯，符合我的估算。

流星繼續往暗紫色光罩落下。

一顆顆的消失粉碎，一顆顆的落下。

總計上千顆的巨大隕石不斷砸在沙漠裡，結果暗紫色的光就慢慢消失在隕石坑之中。

>獲得稱號「魔王殺手『狗頭古王』」。

>獲得稱號「地裂魔術師」。

>獲得稱號「天崩魔術師」。

「……呼，幸好順利結束了。」

能夠消滅所有物質的暗紫色光罩，無法承受這樣大質量的連續轟炸，躲在裡面的魔王也只好現身。

眼角的紀錄瘋狂流逝。

由於我殲滅了地圖上所有敵人，達成了「自動回收戰利品」的發動條件吧。

我先不確認紀錄內容，看著滿天土黃的沙塵。

不必擔心大量隕石捲起的沙塵，會對周邊國家造成不良影響。

因為在我統治下的都市核們，於沙漠各地展開了控制沙塵的結界。

大沙漠太大，以目前的都市核數量來看，難免會有些沙塵漏接，但這點沙子，周邊國家應該有辦法處理吧。

至少比魔王直接大鬧來得好。

◆

「你輸了喲？」
「因為那傢伙來攪局。」
「好慘喔——」
「啊嗚，痛苦嗎？」
「怪了，頭暈暈。」
「暈暈～」
「轉轉～」
「要跌倒了～」
「回得去嗎？回去吧——」

——不讓你回去喔！

流星雨砸出一個隕石坑，底部有個暗紫色光球「神之碎片」，我用發出黑色氣場的神劍一刀砍了它。

這次我緊盯著砍完之後的光球，確認紫光都被神劍吸收。

所以神劍也是某種封印道具就是了？

想著想著，神劍的黑色氣場就像生物一樣蠕動，開始吸收我的魔力，所以我立刻把它收回儲倉。

要是不想辦法應付這個黑色氣場，我就無法長時間拿神劍戰鬥。

話說回來──

那個充滿邪氣的「神之碎片」會不會是某種陷阱，附在人身上，用超乎常理的獨特技能威力吸引人變成魔王？

或者它本身沒有邪惡企圖，只是會讓人沉溺在過度的力量之中，逕自淪為魔王？

不管是哪一種，隨便使用確定會毀了自己。

要吩咐亞理沙以後別用獨特技能了。

「──嗯？」

突然有個小孩出現在我面前。

雷達上顯示白色光點，ＡＲ顯示他的名字叫做「克洛」。

──這個名字我聽過。

就是先前出現在探索家公會的紫毛犬人男孩。

他穿著鬆垮垮的斗篷，但可以看到手是人類的手。

所以他不是犬人族，而是狗頭。

這個意思是——

『——啊啊。』

克洛男孩抬頭看我。

仔細一看，他的身體呈現半透明，可以隱約看見後面的沙漠。

探索家公會的人，好像也說過他像幽靈一樣消失了。

『謝……謝。』

克洛男孩的聲音帶著點雜訊。

這應該是神代語。

『之後交給你了——』

克洛男孩留下耐人尋味的一句話，身影就消散在沙漠的風中。

根據他剛才說的話，他應該就是「狗頭古王」原本的模樣。

搞不好出現在海市蜃樓裡的紫色人影，就是克洛男孩的靈魂，復活成魔王之前四處徘徊。

這麼一想，迷宮都市裡沒有瘴氣，還有討伐「區域之主」的時候瘴氣發生詭異現象，應該都是魔王復活的前兆。

不過現在搞懂也沒意義了。

「是說……你這樣悠哉地把事情交給我，我也很頭痛啊。」

而且我又沒義務扛下來。

反正他是魔王，哪天自己就會復活了吧。

是有覺得他可能升天了，但是魔王應該沒那麼容易擺平。

根據剛才的狀況，排除「神的碎片」之後應該會清醒過來，然後自己的爛攤子請自己收。

好啦，魔王收拾掉了，情報也收集得差不多。

再來就是怎麼應付魔王口中，那個層級比我高的幕後黑手了……

老實說我真是有夠不想靠近他。

但如果這是個遊戲，我又打倒狗頭，肯定要立起幕後黑手事件的發動旗標。

這個世界像遊戲又不像遊戲，不知道敵人什麼時候會冒出來，所以得提高警戒，準備萬全的計畫。

「流星雨」可以殺死最強龍神，如果連發應該有可能贏，但是這麼一來我反而會成為全民公敵，而且神劍這張鬼牌也不適合長時間作戰。

應該研發威力強大的單一目標魔法或武器了。

不過也不急於一時。

大家應該都在擔心，先回去吧。

搞不好她們已經打倒「樓層之主」了。

保險起見，我確認流星雨的痕跡也被「自動回收戰利品」收進儲倉，才回到迷宮裡。

「樓層之主」戰役

「我是亞里沙。準備挑戰中頭目，結果跑出最後大魔王，我認為這就算糞作。真想對掌管命運的老天大聲抗議啊！難度平衡很重要的好嗎！」

「魔、魔王……」

一百四十級？

等等，長了狗頭的魔王？

——不對。

眼前這個可不是普通的魔王。

這是神話裡記載的魔王。

燒毀天下神殿，將地上的神明使徒吃個精光的邪神。

與神明軍團交戰，擊退龍的魔神使徒。

他怎麼會出現在這裡？

難道是因為有我？
在我的故鄉，人稱這頭紫髮是引來不幸的禁忌顏色。
難道因為我有這頭倒楣的禁忌紫髮，魔王才會出現在這裡？
那只要我不在了……
我的思考陷入惡性循環，主人突然溫柔地抱住我。
「亞里沙，沒事。」
主人小聲鼓勵我。
口氣裡沒有一絲恐懼。
「……嗯。」
我也總算能說話了。
對！不是害怕的時候！
我得保護主人才行！
我要同時使出特殊技能「不屈不撓」和「力量全開」，把魔王趕到次元的遠方。
如果一次不夠——就放到夠為止。
給我這股力量的神明說過。
可以使用的次數，就是靈魂的極限。

那我就把靈魂都用光。我是想跟主人繼續甜蜜下去，但是一條命能救大家跟我的愛人，值得。

這輩子過得還不錯，我可以笑著走了。

希望下輩子還能轉生到這個樂天的主人身邊。

我深呼吸，發動獨特技能——咦？

眼前光景瞬間變化，是主人的縮地。

我瞬間被移動到娜娜她們身邊。

我魯莽的主人，肯定打算自己應付。

◆

「快、快點找出來啊！」

主人跟魔王一起轉移離開，我用空間魔法也找不到人。

不會吧，我熟悉的人應該馬上就找得到啊！

「亞里沙，『樓層之主』來了，先撤退。」

莉薩下令，大家暫時到後方安全區避難。

我被莉薩扛在懷裡跑，簡直像件小包裹。
但是我沒時間抱怨這種待遇。
我不斷使用探索魔法搜尋主人。
甚至還用了一次「力量全開」，但還是找不到。
彷彿「佐藤」從世界上消失了一樣。
「不行，找不到！」
我咬牙咒罵自己的無能。
「剛才是誰啊～？」
「感覺跟魔族一樣，冒冷汗喲！」
「不對，肯定是魔王。」
「怎麼這樣？」
「蜜雅，真的嗎？」
看來蜜雅也不知道。
「不用擔心～？」
「但是很擔心喲！」
看來只有小玉不擔心。

為什麼她會這麼相信主人？

露露也是臉色鐵青，莉薩跟娜娜聽了對方是魔王也顯得七上八下。

「結果只有小玉懂得冷靜啊，都給我深呼吸！」

師父們突然來到附近，大罵我們。

「吸——呼——吸——吸——吸——」

我吸不動了，噗哈一聲全吐出來。

不過總算冷靜點了。

「真是，我老說坦克要沉著冷靜不是嗎？」

「抱歉，我這麼賠罪道。我自行分析，發現主人碰到危機自己卻無能為力，一時無法處理。」

「受不了，佐藤這個人會挑自己贏不了的對手同歸於盡嗎？他只要發現贏不了對方，毫不猶豫就開溜。他之所以留下妳們，就是覺得妳們還沒本事挑戰魔王，或者不用靠妳們也能輕鬆贏過魔王吧。」

嗚嗚，我不是要講道理，是情緒太激動啦！

「佐藤叫我們別說，但是告訴妳們應該沒關係。其實他曾經在虛空之中，瞬間消滅上萬隻巨大水母魔物喔！只要看到那麼扯的景象，就知道擔心佐藤真是太蠢了。」

——上萬隻？

驅逐害獸的規模有那麼誇張喔……

聽師父們說起來讓我有點吃醋，接著斷續發生震度三左右的地震。

「搖晃～？」

「晃晃的喲！」

「呀啊，這、這沒事吧？」

「迷宮很堅固，這點搖晃不會崩塌，我這麼斷定道。」

「這個震盪，是主人與魔王交戰引起的吧？」

想到他們在我空間魔法的探索範圍外交手，還能在這裡引發地震，應該只有巨大隕石雨才有這種威力。

我想起抵達聖留市之前曾經看過流星雨，但是主人應該沒這麼破格吧。

「應該不是地震吧。大沙漠邊境上有休眠火山，或許是爆發了。」

是說這地震可真久。

久到我都不敢想像震央了。

◆

「我回來啦，抱歉讓大家操心嘍。」

結果他跑回來了，好像只是出門買個東西一樣。

「回來了～」

「歡迎回來喲！」

「「主人！」」

「佐藤。」

「恭賀主人平安回來。」

大家團團圍住主人，都是主人的笑容太平常，害我晚了一步。

我問魔王怎麼了，他簡單回我一句：「打倒啦。」

什麼打倒啦，有沒有那麼簡單啊？

不要說受傷，看你連衣服都沒破個洞啊。

那可是出現在神話裡的魔王好嗎？

那可是超越魔王範疇的破格魔王好嗎……

「喔～那就是『樓層之主』啊。」

主人東張西望，發現「樓層之主」正悠哉地站在試煉之間正中央。

主人消失之後，緊接著出現的「樓層之主」渾身爬滿鮮紅閃電，名叫「赤雷烏賊帝」。

巨大的身體高過五十公尺，地面上錯綜複雜的觸手也差不多，甚至更長。

「怎麼樣？要改天來挑戰嗎？」

主人貼心地問我們。

可能是想說我們操煩到心靈疲憊，應該改天重來一次比較好。

但是看到主人跟最強魔王對打之後還是一派輕鬆，我根本不打算放棄。

如果往後想與主人並駕齊驅，我得輕鬆克服這點小事才行。

「要打！大家都可以吧？」

太好了，大家都點頭。

主人悠哉地看著「樓層之主」，我氣呼呼地說要打，然後對大家說明對手的資訊。

「敵手名叫赤雷烏賊帝，等級五十九級──比想像中要高，不過絕對不是打不贏喔。」

夥伴們認真地點頭。

小玉跟波奇聽到對方是烏賊可能會想吃，但現在也拉上嘴巴拉鍊，專心聽講。

「特殊攻擊是水魔法和電擊，兩種都很棘手，不過最糟糕的還是那個眼珠，好像是魅惑的邪眼，趁早打爆它吧。」

幸好之前打倒的「區域之主」招雷公鹿是會使用雷擊的強敵，我們有學到經驗。

現在這傢伙還會併用水魔法，小心別淋濕而觸電了。

「露露，可以交給妳嗎？」

「可、可以！我會加油！」

莉薩指名露露，嗯，我也贊成。

「但是在我們假設的幾個狀況裡面，這還算簡單的啦。幸好這傢伙不像傑利爾仔在中層對打的『冰雪蔦帝』，沒有『物質穿透系』的特殊能力。」

「對，我們前鋒的攻擊有傷害，應該可以照昨天商量的方式來打。」

我點頭同意莉薩，告訴她交戰的順序，然後跟蜜雅一起對夥伴們施放支援魔法，最後使用空間魔法「戰術輪話」，確保戰鬥中可以繼續對話。

「好，準備完成。」

我這麼宣布，結果愛操心的主人又用術理魔法「魔力轉讓」把我跟蜜雅的魔力全補滿。

這個魔力量還是一樣嚇死人。

明明剛剛才跟歷代最強魔王戰鬥過，居然還保留這麼多魔力。

「謝謝主人。」

但是我不能老是被主人顧著。

讓主人看看，我們也是一流的探索家！

『亞里沙，大家都就定位了。』

「ＯＫ——」

莉薩透過戰術輪話回報。

戰鬥開始之前，再次確認赤雷烏賊帝的狀態。

在我們布陣的期間，赤雷烏賊帝身體周遭浮現出棉花糖一般的粉紅色煙霧。

那陣煙霧還傳出劈啪響，應該有帶電。

隨便衝上去近戰會被電死就是了。

雖然只是上層，「樓層之主」一樣不是簡單的角色。

小玉、波奇、莉薩三人站定三處，各自對我揮手，拜託，被「樓層之主」發現了怎麼辦？

「蜜雅，開始準備沙巨人。」

「嗯。」

我對身邊的蜜雅說了，打開空間魔法「萬納庫」的亞空間，把大量沙子丟在地面上。

蜜雅使用精靈魔法的創造擬態精靈，創造出「流沙巨人」。

其實不用沙也能做得出來，但事先準備好材料，消耗魔力會大減。

沙巨人對電擊與打擊的抗性比巨從綠精更強，所以我想拿來當前半戰的坦克。

赤雷烏賊帝感應到蜜雅的魔力，開始動作。

「莉薩妳們也開始準備。」

『了解。』

莉薩把魔力灌進魔爪槍，其他前鋒也將魔力灌入奧利哈鋼製的聖劍。

聖劍用的青液可能成了魔力過濾器，所有人的劍都發出藍光，連使出來的魔刃也像主人的聖刃一樣發出藍光。

主人的聖刃技能，好像是青液的魔力過濾功能的替代品。

『上了。』

在大房間另一頭待命的莉薩，用大到嚇死人的魔刃砲直轟赤雷烏賊帝的後腦勺。

赤雷烏賊帝激烈放電，把目標從蜜雅轉向莉薩。

哎呀——戰術確實是這樣沒錯，不過莉薩太賣力了啦。

「有點早，不過娜娜快參戰吧。」

『了解，我這麼報告道。』

站在後衛隊最前面的娜娜，一腳踏進大房間。

挑釁還太早了。

「全力發射理槍，我這麼宣言道。」

娜娜對赤雷烏賊帝射出五發「理槍」，順利成為目標。

小玉跟波奇又從左右兩邊輪流發射魔刃砲，她們的威力就比莉薩正常多了。

對，這樣就對了！

四個人輪流攻擊，讓赤雷烏賊帝暈頭轉向的戰術成功了。

我玩遊戲組隊刷王的時候，也經常輪流吸王的仇恨值。

「……■■■■■　創造沙精靈。」

我身邊的蜜雅已經詠唱完精靈魔法。

沙山變形成為沙巨人，緩緩走向赤雷烏賊帝。

赤雷烏賊帝用來護身的帶電煙霧被沙巨人吸收，沙巨人一臉輕鬆地繼續前進。

不過沙巨人沒有臉就是了。

——ＩＫＷＡＡＡＡＷＨ。

沙巨人貼近到一定距離之後，赤雷烏賊帝高舉觸手，擺起恐嚇架式，發出重低音的咆哮。

觸手之間閃出雷光，下一秒發射震耳欲聾的強力雷擊打中沙巨人。

哇咧，耳朵好痛。

眼睛可以用手遮，但是耳朵整個耳鳴聽不到。

下次要請主人在防具上加裝一定水準的隔音功能。

沙巨人挨了那麼強的雷擊，還是悠哉地走向赤雷烏賊帝。

不過沙巨人的體力已經被砍了三成，如果不是抗雷型的擬態精靈，剛才一招應該就倒地了。

『眼睛，眼睛～的喲。』

哎呀，波奇好像正眼去看，摀著眼睛蹲下來了。

其他人沒有波奇那麼慘，但是現在非聾即瞎，我得爭取一點時間。

『大家冷靜！我來爭取時間，妳們先離開烏賊等視力恢復！』

我大聲一喊，大家立刻遠離烏賊。

「蜜雅還好嗎？」

耳朵聽不見好像還是可以用戰術輪話，蜜雅點點頭。

應該沒事。

「叫沙巨人撞上去，把烏賊壓倒。」

「嗯。」

沙巨人接到蜜雅指示，緊緊擒抱赤雷烏賊帝。

赤雷烏賊帝似乎不想被抓住，用觸手敲打沙巨人，但是觸手只有陷進沙巨人一身的沙子裡，沒有造成太大傷害。

赤雷烏賊帝發現打擊無效，似乎也慌了，急得吐出像是墨汁的毒霧，但是沙巨人不用呼吸，也不需要光學視覺，完全沒有發揮作用。

好，比預期的剋得更凶。

「趁現在打瞎烏賊的魅惑眼。」

我說了抬頭看露露。

「露露可以狙擊嗎？」

「勉強可以打中一隻。」

我身邊的露露架起光線槍。

我不擅長遠距離狙擊，所以使用有追蹤功能的「追蹤火球」。

不行，赤雷烏賊帝對我的魔法有抗性，打不出傷害。

露露的光線槍打中一隻眼睛，但是眼睛有保護膜反射光線，結果只有目眩程度的傷害。

「露露，可以用反物資步槍或加速砲去打烏賊的眼睛嗎？」

赤雷烏賊帝痛得閉上眼。

『再來再來喲～！』

喔喔！劍還插在眼睛裡就發射魔刃砲，炸爛那隻眼睛……長相可愛，手段卻挺凶殘的。

『蛇腹～配～鑽頭～』

小玉從另一端衝上來，伸長了包覆魔刃的蛇腹劍，刺進赤雷烏賊帝的眼珠。

刺中之後縮短劍身，握緊劍柄奮力往上翻身，這樣翻身還不會把劍翻掉喔！我想起蛇腹劍的劍尖有倒鉤，原來妳跟波奇一樣凶殘啊。

小玉貼近之後，另一手拿出奧利哈鋼合金的旋轉刃聖劍刺進去。

妳還真會用這些機關武器，好個厲害的小妹妹。

喔，好像要放範圍攻擊了。

「娜娜！」

『大王烏賊！你要是覺得自己很強，就學螢火魷發個光來瞧瞧！我這麼道破道！』

哎喲，怎麼可以這樣挑釁呢。

赤雷烏賊帝渾身閃著電光，對娜娜使出可以打倒大怪獸的雷擊。

「——好厲害啊。」

露露倒抽一口氣。

娜娜身邊浮現十幾二十層的魔法盾和魔法屏障，讓她毫髮無傷。

——堡壘防禦。

我這是第二次看她出招，真是誇張的防禦力啊。

◆

「烏賊的體力已經砍掉不少了。」

這樣打下來，除了娜娜之外大家也都被打中幾次，幸虧有主人做給我們的作弊防具，還有用不完的魔法藥，戰線才沒有崩潰。

『對啊，亞里沙，差不多該收尾了。』

腳踏實地把敵手體力砍到一半左右，莉薩決定要全力追打。

『娜娜、小玉、波奇，我們聯手。』

『了解。』

『系系～』

『收到喲！』

喔喔！要連段了！

『零之太刀「魔刃碎壁」，我這麼宣告道！』

娜娜的黃金聖劍發出藍光，衝撞赤雷烏賊帝的防禦屏障。

先是抗衡了一下子，然後娜娜的聖劍發出閃光，狠狠破壞了赤雷烏賊帝的防禦屏障。

不愧是專門用來粉碎防禦屏障的必殺技。

『一之太刀～？「魔刃雙牙」』

小玉雙手各拿一把聖劍，劍身冒出有如巨大尖牙的魔刃。

然後她學陀螺整個人旋轉衝鋒，失去防禦屏障的赤雷烏賊帝，身上滿是被啃過一樣的痕跡。

赤雷烏賊帝急了，伸出觸手要來抓小玉。

『輕鬆～？』

觸手發出巨響撲來，小玉華麗閃身。

不必耍那種千鈞一髮的特技閃躲啦！這種事情交給蒙面刺客就好，然後台詞要講「小事一樁」啦。

『二之太刀喲！「魔刃穿刺」！』

接下來是波奇，渾身閃著藍光，使出瞬動衝鋒。

赤雷烏賊帝沒了防禦屏障，堅固的表皮又傷痕累累，被波奇連人帶聖劍插進身體裡面。

好像以前看的懸疑日片的最後一幕喔。

——BUIGWAAABBWH。

赤雷烏賊帝痛苦掙扎，波奇趁勢從巨大傷口裡逃出來。

小玉、波奇、娜娜三連段讓赤雷烏賊帝身受重傷，緊接著是渾身發藍光的莉薩出招。

龍爪槍前方延伸出魔刃，將近有平時的三倍長。

『三之技，「魔槍龍退擊」！』

莉薩舉起發藍光的龍爪槍連續突刺，最後轉身一圈，藉著旋轉的力道猛力刺出一槍。

赤雷烏賊帝的皮下脂肪鎧甲已經被波奇衝鋒打得傷痕累累，所以莉薩這一招深深打進內臟。

——BUIGWAAABBWH。

赤雷烏賊帝發出驚天慘叫。

莉薩斜眼看著赤雷烏賊帝，把魔力回復藥瓶啣在嘴裡一口咬碎，喝個精光。

莉薩即將歸零的魔力迅速恢復，不過是瓶中級魔法藥，恢復量卻跟上級差不多呢。

『絕之技。「魔刃爆裂」』

莉薩手上的龍爪槍還刺在赤雷烏賊帝體內，就接著放必殺技。

只見赤雷烏賊帝體內閃過幾道藍色光芒。

下一秒，赤雷烏賊帝體內不斷噴發藍色刀刃，刺破表皮冒了出來。

——ＢＵＩＧＷＡＡＡＢＢＷＨ。

赤雷烏賊帝眼中燃起熊熊怒火，使出觸手與閃電的多重攻擊要報復莉薩。

『休想，我這麼宣告道！』

娜娜發動挑釁技能大喊一聲，同時施加身體強化，以超乎常人的速度衝進莉薩和赤雷烏賊帝之間。

先用大盾擋住一隻觸手，再用浮在空中的魔法盾擋住閃電和其他觸手。

大家太強了。

赤雷烏賊帝的體力只剩三成左右。

要是再削血下去，赤雷烏賊帝就會進入失控模式。

這下得一口氣打到死了。

「亞里沙，差不多了。」

「ＯＫ——」

蜜雅操作的沙巨人，體力耗盡分崩離析。

所以我使用空間魔法「迷宮」來爭取時間，能撐到三十秒就要偷笑，但這樣也就夠了。

蜜雅在旁邊猛灌魔力回復藥，我聞到桃子香。

她喝水蜜桃口味喔！大家都請主人改良到飛天了。

蜜雅用沙巨人的殘骸當材料，使出精靈魔法創造「流沙蛇」捆住赤雷烏賊帝。

赤雷烏賊帝奮力想掙脫流沙蛇，但是看來比剛才的沙巨人更難掙脫。

「露露，準備好。」

「嗯，了解。」

露露原本都以光線槍或反物資步槍支援隊友，我要她準備加速砲。

我也來用空間魔法固定赤雷烏賊帝，阻止它行動。

但是目標並非赤雷烏賊帝。

因為直接攻擊會吃抗性啊。

目標是捆著赤雷烏賊帝的沙蛇，將流沙蛇固定在空間中，就可以間接捆住赤雷烏賊帝。

從腰上的魔法藥袋拿出魔力回復藥，一飲而盡。

——好苦。

苦味魔法藥的恢復量比較高，我才喝看看，不過還是甜的比較順口。

只要露露的加速彈命中，赤雷烏賊帝的體力應該就會低於三成。

在赤雷烏賊帝進入失控模式之前，我要狂用獨特技能，使出上級空間魔法「空間消滅」

一口氣打到死。

露露從妖精背包裡拿出加速砲架好。

她用眼神問我能不能開砲，我給她一個大拇指。

「瞄準，固定。」

『是，女士，次元樁預備。』

露露下令，加速砲發出支援語音。

果然還是主人的正太聲比較萌，比什麼嗶啵電子音好太多了。

不可見的次元樁，將加速砲又長又重的砲身固定在空中。

「展開虛擬砲身。」

『ＯＫ，虛擬砲身，展開。』

加速砲前方展開一支術理魔法所製造的擬態物質砲身，長約二十公尺。

吼，熱血啦！

「加速魔法陣，解除限制。」

『是，女士。電池，全充能。』

加速砲旁邊掛的魔力筒開始填充魔力，準備產生魔法陣。

——哎呀？

上次只充了三格，怎麼現在連備用魔力筒都乾了？

『超載加速。』

發紅光的魔法陣沿著虛擬砲身接連展開——喂，是要開幾道啦！

哎呀呀？加速魔法陣不是三道嗎？

現在有沒有百來道？

「準備好了！亞里沙？」

露露準備好，問我發射時機。

——當然是ＧＯ啦。

我指著赤雷烏賊帝下令開砲。

「開砲～～！」

『引爆！』

露露纖細的指頭扣下扳機，砲彈發射。

露露的加速砲發射，畫出藍色彈道，發砲聲聽來不知道是砰還是乓。

咦？這應該是實彈吧？

怎麼看起來像雷射？

唔哈，一砲就在赤雷烏賊帝身上打穿個大洞。

大洞周圍還被往內掏挖，把赤雷烏賊帝整個身體往後扯。

最後赤雷烏賊帝像是被固定的沙蛇扯斷一樣，變成破爛魷魚圈。

嗯嗯，怎麼連後面迷宮的牆壁都被打爆了！

此時聽到我們主人悠哉地說了。

「馬赫二十果然了不起。」

馬赫？馬赫二十，就是音速二十倍嗎？

麻煩克制一點好嗎！

但是我太震驚，只能發出啊嗚啊嗚的蠢聲音。

「之前亞里沙說磁軌砲是馬赫二十，所以我稍微挑戰看看。」

——也是啦，我是有講過啦！

不要講得好像做一道功夫菜那麼簡單好嗎。

難怪只開了一砲，虛擬砲身的擬態物質就像冰片一樣粉碎飛散了。

我整個虛脫，小玉跟波奇跑了過來。

「亞里沙～」

「要擺勝利姿勢喲！」

咦？這樣就沒了？

真的？那我的戲分呢？

那個，我還沒用獨特技能好嗎？

我腦袋裡亂想一通，小玉跟波奇拉起我的手。

之前進行召喚儀式的祭壇正中央，出現一個巨大寶箱，主人跟我們一起來到寶箱前，擺出勝利姿勢合影留念。下一張照片，連師父們也來合照。

於是……

我們就得到祕銀證了。

尾聲

「我是佐藤。出社會之後偶爾回鄉下老家，看到表姊妹的小孩都覺得怎麼長那麼大了，可見小孩真的長很快。」

「大家都很棒喔。」

我告訴這批成功討伐「樓層之主」的夥伴們，她們立刻往我跑來。

我與有榮焉，大誇獎一番。

「呢嘿嘿～？」

「有很努力喲！」

以前被人扔石子，只會恐懼發抖的小玉和波奇，已經不見蹤影。

現在她們要是碰到以前那樣的事情，應該就能自己對抗惡勢力。

「嗯，我都有看到喔。」

小玉心滿意足，波奇猛搖尾巴，我給她們摸摸頭。

不知道是不是摸不夠，小玉還用頭來頂我的手。

「V。」

蜜雅用小手比出亞里沙教她的勝利手勢，我拍拍她的頭，輕輕摸頭髮祝福她。

「謝謝蜜雅當個幕後功臣啊。」

她沒有召喚強大的貝西摩斯來放無雙，而是用不起眼的沙巨人承受敵人攻擊，替夥伴們製造出招機會。

「嗯。」

蜜雅聽我這麼說，心滿意足地點頭。

「——莉薩，手指頭流血了。」

莉薩好像沒抓準最後必殺技的力道，小手正在滴血。

我立刻用水魔法治療她的傷。

「謝謝主人。」

莉薩一邊道謝，一邊驕傲地搖尾巴。

我輕輕拍了她的肩膀（避免被當性騷擾）說：「妳變強啦。」稱讚她的努力。

要不是這個時機，還真難說出口啊。

「是……是的，主人……都是託主人的福。」

莉薩口氣哽咽，只看她淚流滿面。

我一時還以為誇錯了話，但看來應該是感激涕零。

「有莉薩在，我才能放心把隊伍交給妳。往後也麻煩妳啦。」

「……是，必定赴湯蹈火。」

莉薩淚流滿面，我遞手帕給她。

「主人的稱讚，我這麼希望道。」

此時娜娜整個靠上來。

但是她正穿著堅固的金屬鎧甲，用這種胸擠我，我也不太開心。

「多虧有娜娜保護大家。」

「是的，主人。」

娜娜面無表情，但我覺得她嘴角有點上揚。

「露露。」

「是、是的！」

我喊了露露一聲，她嚇得立正站好，不斷摸自己的瀏海，有這麼緊張嗎？

我一時想惡作劇說：「妳變漂亮了。」但是場合不對，所以我有克制。

「瞄得快又打得準，了不起。」

如果對亞里沙，我就會說「恭喜拿尾刀」，但是露露比較低調，不愛張揚，所以我換個說法。

「這麼難上手的加速砲跟魔法槍，妳都能上手，謝謝啦。」

「哪裡，一切都是託主人的福！」

露露恭敬地舉起手揮個不停。

我平時應該多誇露露一點，讓她習慣讚美比較好。

「亞里沙——」

亞里沙望向我，表情顯得難以接受。

看亞里沙這麼失望，我實在不忍心對她說，可惜最後沒機會出場嘍。

「——辛苦妳定作戰計畫，領隊指揮啦。雷擊閃光沒有讓大家驚慌失措，都是多虧亞里沙的魔法跟喊話啊。」

我這麼說，夥伴們猛點頭。

「咦——是喔！得嘿嘿，被主人認真一誇挺害羞的說～」

靦腆的亞里沙做出奇怪的反應。

看來她比姊姊露露更不習慣被人誇。

尾聲

「好！我們來確認戰利品！」

「系！」「是喲！」

靦腆的亞里沙大喊一聲，小玉和波奇呼應，其他夥伴也接連答應。

機會難得，我想把觀戰的精靈師父們也找來，開個戰利品鑑賞會。

「陷阱阱～？」

進行召喚儀式的祭壇上確實冒出巨大寶箱，但也正如小玉所說，附近有一大堆陷阱。

「麻痺毒，神經毒，一般劇毒，魔法定身陷阱，吸引魔物的警鈴，甚至有裝炸彈呢。」

好低級的陷阱啊。

而且還有大機關，只要動一下寶箱就會觸發所有陷阱。

「嗚嗯，總覺得好像古早以前練功迷宮RPG那樣的陷阱。」

亞里沙想起經典RPG，一臉不耐煩。

「對啊，要是認真拆陷阱應該很費工。」

「要是認真拆？難道又有老規矩的祕技嗎？」

「當然有。」

我把整個寶箱收進儲倉，在地上鋪一塊地毯，只把寶物放在上面。金銀珠寶首飾之類的東西，放在漂亮的寶箱裡當擺飾。另外有不少詛咒武器，就放在另外的箱子裡。

突然發現影人族的賽奧爾先生，手裡拿了工具組卻不知所措。

搞不好他原本打算替我們解除寶箱的陷阱。

「哇喔，米不生收～？」

「太厲害了喲！莉薩快看，好漂亮好漂亮喲！」

「嗯，我看到了。」

小玉跟波奇看到璀璨奪目的金銀珠寶，眼睛也跟珠寶一樣閃亮亮。

莉薩看了她們兩個，表情像個溫柔的好媽媽。

「哇──有不少魔劍跟魔法鎧呢。」

「嗯，還有魔杖，衣服。」

亞里沙跟蜜雅確認地毯上各式裝備。大小魔法武器有十來件，魔法人身裝備也差不多。

另外有魔法道具，但是大多限制使用次數，很少有效果常駐的東西。

「這邊的也是魔法道具嗎？」

露露看著一尊鑲有大水晶球的雕像，歪頭不懂。

「感覺到魔力，肯定是。我這麼報告道。」

娜娜說得沒錯，露露拿的雕像是兩尊一組的通話裝置。

另外還有用過就丟的物品鑑定紙，封印受詛咒物品的咒符，算挺罕見的。

「哎哎，主人啊。」

我在鑑定物品的時候，亞里沙跑來問我。

「主人打魔王的時候，震動都傳到這裡來了，是怎麼打的？」

「幾乎都是魔法啦。最後是用類似隕石術的魔法打倒魔王，當時的衝擊應該就波及到這裡來了吧？」

「哇——隕石術喔——」

我隨口解釋，亞里沙聽了先是佩服，然後臉就僵了。

「主人？」

亞里沙的口氣生硬又顫抖，然後一把揪住我的領口。

她把臉湊到我耳邊，打算講什麼悄悄話。

「你，你說隕石術——該不會好死不死，就是那次『星降』？」

「對啊，亞里沙也看過？」

「嗯，就在我進入聖留伯爵領的前一天，在山上看到了——不是啦！」

亞里沙嗚嘎大吼一聲。

「主人，你還能用那麼超常的魔法喔！」

「那很危險，所以平常都封印起來了。」

我回答亞里沙的問題，並稍微補充解釋。

「但是我只有那個魔法特別強而已，其他頂多是從卷軸學的中級魔法吧。」

我想要快點學會詠唱，使用自己研發的魔法跟其他上級魔法。

其實我每天早晚都有訓練詠唱，往後應該趁這種空檔時間追加訓練才對。

「主人……地面上的人還好嗎？」

「擔心幼生體，我這麼報告道。」

露露與娜娜擔心迷宮都市裡的人們。

其他人當然也是一樣的心情。

「——我用都市核的結界擋住了餘震跟沙塵，迷宮都市應該沒有受害才對。還是用空間魔法看看狀況吧。」

我對大家說了，發動空間魔法「遠耳」和「眺望」。

大宅裡的小女僕們一臉擔憂，但是米提露娜小姐跟其他年長的女僕們都很正常，應該沒問題。

養護院的老師跟小孩子們有點擔心，但是比較大的孩子們已經在盤算要去沙漠撿流星了。

聽起來是頗奇幻又開心的活動，但是前往沙漠的路上會經過魔物出沒的魔霸王樹林，還有國境群山，得趁他們出發之前阻擋下來。

探索家學校正常運作。

看來眼前的訓練，比遠方的流星雨重要。

「迷宮都市裡的自己人應該都算平安。」

「太好了。」

「感謝主人，我這麼報告道。」

我對夥伴們報告之後，繼續確認朋友們的狀況。

探索家公會裡有些探索家吵著說：「魔王現身啦！」不過在場的多森先生和傑利爾先生安撫了大家。

被都市核轉移走的希嘉八劍「槍客」赫密娜小姐一行人，正在往都市迷宮前進。

她們正好經過國境山頂的瞭望塔，應該是先對國內報告過了。

結果公家機關跟神官們收到魔王現身的報告，反而比市井小民鬧得更大。

總之我應該先對大長官報告，魔王現身之後又被討伐掉了。

「——陛下，方便嗎？」

我用空間魔法「遠話」接通希嘉國王，用無名的口氣來說話。

『聖——呃，無名大人！』

看來國王還是把無名當成聖王大和。

「看你這麼慌，應該是知道魔王『狗頭古王』出現在大沙漠了吧？」

『狗、狗頭！竟然是號稱邪神的大魔王現身了！』

希嘉國王大叫一聲，好像都快暈了。

「嗯。」

『啊，世界末日的推手終於……』

希嘉國王聽我肯定回答，不禁絕望哽咽。

糟糕，應該先說我打倒魔王才對。

「不用擔心啦——我已經幹掉他啦。」

『——嗄？』

「我說，魔王現身，我依約幹掉他啦。」

之前是這樣答應國王的。

『竟然成就了這樣的豐功偉業！不愧是聖——無名大人。真不知道該怎麼感激您才好……』

「說句『謝謝』就夠啦。」

不用什麼賞錢封官了。

「改天我再露個臉吧——」

感覺要聊很久，所以我不等國王開口就解除「遠話」魔法。

我這樣超級不尊重，但勇者無名設定就是這個脾氣，應該沒啥問題。

好啦，這下政府方面應該沒事了。

「大家打算怎麼慶功呀？」

我們都是用轉移抄近路回地面，所以必須消化一點時間來騙人。正常來說最少還要五天才能回地面，所以我打算先在迷宮溫泉裡辦個自己人的慶功宴。

「肉～？」

「有肉就好喲！」

我問，小玉跟波奇大聲回答。

「姆，菇菇排。」

「蛋包飯好，我這麼報告道。」

「這次應該吃烤雞串跟炸雞塊吧？」

「壽喜燒，鮪魚上腹肉，河豚生魚片，還有松茸飯才好！」

「小玉要架蝦跟漢堡排～？」

「波奇也覺得漢堡排老師跟超厚牛排先生比較好喲！」

蜜雅，娜娜，莉薩，亞里沙都講了自己要的菜色，小玉跟波奇連忙追加。

我家小朋友們真是貫徹始終啊。

「露露想吃什麼？」

「我、我想吃主人煮給我的飯！」

露露在後面微微笑，我主動問她，她猶豫片刻才回答。

「當然好，這是慶祝大家獲勝啊。飯菜都由我來做吧。」

我這麼說，露露和其他女孩們全都歡呼。

看她們這麼開心，真是舒暢。

現在露露做的菜跟我是差不多好吃，我就加把勁搞一桌精美大菜吧。

「我也要幫忙！」

「小玉也要～」

「波奇也會努力幫忙喲！」

露露說要幫忙，小玉跟波奇也擺出咻比姿勢說要幫忙。

「洗盤子跟削皮，就交給我了。」

「幫忙切成星型，我這麼報告道。」

莉薩幫忙是可以，但是娜娜要幫的忙好像是個人興趣。

「我跟蜜雅一起助陣吧。」

「嗯，奏樂。」

「蜜雅現場演奏可真奢華啊。」

「那我來唱歌好了？」

以前大家說我影片網站的工作用ＢＧＭ清單，難聽到沒辦法幹活，但是蜜雅的音樂配亞里沙的歌，肯定可以讓我開心做菜。

「慶功宴要辦在別墅裡？」

「對啊，自己人的慶功宴就辦在迷宮溫泉裡吧。」

我回答亞里沙的問題。

「主人，想跟幼生體一起慶祝，我這麼報告道。」

「別擔心，回地面凱旋遊行的時候再辦一場慶功宴。」

反正五天後才要凱旋遊行，先在迷宮溫泉慶功幾天，消除修行的疲勞吧。

「好啦，我們走吧——」

我跟夥伴們手牽手，使出「歸還移轉」從戰場回到日常。

還是溫馨悠哉的日子最好了。

EX：潔娜隊的旅程

「我們幸運逃離了危機，命運卻似乎想繼續考驗我們。然而只要與可靠的夥伴們在一起，我一定會撐過所有考驗！」

「莉莉歐！找到倖存者了！快叫挑夫們過來！」

「不愧是潔娜仔！等等，我馬上叫人來！」

莉莉歐說了就跑開，她嘴上說得輕鬆，其實早就疲憊不堪了。

而我也沒空看她跑開，就急著詠唱下一道魔法。

「潔娜小姐，魔法用太多了，請稍微休息一下吧。」

伊歐娜小姐特地關心，但我搖頭拒絕。

因為我要先讓被活埋的人知道，有人來救援了。

但是真的詠唱太多魔法，下巴開始痠痛。我得小心詠唱「風之耳語」別出錯。

「伊歐娜，那邊的救援應該很順利，就交給他們了。」

「潔娜小姐發動魔法之後，就請魯郞對受困的人說話，可以嗎？」

「好好好，當然可以。」

魯郞喊到聲音跟男人一樣沙啞，但還是一口答應。

魯郞的口氣就像個可靠的大姊，應該可以讓受困者放心。

確認魔法發動之後就交給魯郞喊話，我去冥想。為了繼續使用魔法尋找生還者，我必須盡量恢復魔力。

聽到馬蹄聲，在附近放哨的伊歐娜小姐對閉目冥想的我說：「繼任大少爺來了。」

我還想多恢復一點魔力，但是碰到上級貴族卻不睜開眼睛未免太沒禮貌，只好中斷。

「馬利安泰魯卿，今天也派這麼多兵力來幫忙啊！卿努力的成果也傳到我耳裡嘍。」

「是，不敢當。」

堂堂的伯爵繼位人，會特地跑來慰勞一個小兵嗎？

「聽說馬利安泰魯家是由令弟繼承，若是卿有心，不如讓我收為臣子吧。一開始只能賞卿一個榮譽士爵的位子，但只要卿表現得好，保證賞卿為永世貴族啊。」

「多謝大人賞識提拔，但我已經宣誓效忠聖留伯爵，還請多多包涵。」

這真是大方的邀請，但是馬利安泰魯家世代效忠聖留伯爵，現在也不打算變節。

伯爵繼位人年紀輕輕，似乎沒想到會被我拒絕，臉上浮現一抹怒氣。

但是他還算有分寸，不至於當場發怒。

「這樣啊……我會替卿留個位子，有那個意思隨時歡迎。」

他說完，就帶著隨扈騎士離開。

「潔娜，這樣好嗎？明年妳弟繼承家業，妳的身分會降為準貴族喔！」

「沒關係，只要我還在軍隊裡，當貴族或平民都一樣。」

「也是啦～有年輕人在等潔娜仔啦。」

莉莉歐突然跑回來插嘴。

吼喲，莉莉歐真是的！

這跟佐藤先生沒關係……好吧，有一點點。

「而且還不確定他能不能繼承伯爵領。」

「是這樣喔！」

「受災太嚴重，而且他又請了來路不明的魔法使來討伐魔族啊。」

「原來如此，失態又沒功勞，還勉強打野戰害死許多工人，那個大少爺這下名聲掃地了。」

「哎喲，魯鄔。」

真是心直口快到不行，要是被列瑟烏伯爵家的人聽見了怎麼辦！

◆

與魔族打完仗，已經過了十天。

聖留市的迷宮選拔隊裡面，在第一線作戰的騎士有半數戰死。我跟諾莉娜的兩支小隊，老天保佑只有輕傷，但是羅多利爾魔法分隊跟混編部隊，幾乎全軍覆沒。

跟魔族打完仗的隔天，少了一隻手臂的德利歐隊長，帶著一名正騎士要回去聖留市向伯爵報告。

當時也送出信鴿，現在應該要收到聖留市的回覆了。

如果沒收到回覆，我們會先確認迷宮選拔隊的生還者與戰死者，然後回去聖留市。

一時以為莉蘿副隊長戰死，幸好把她從瓦礫堆中救了出來，保住一條命但少了一條腿。

「大家聽著，伯爵來信下令──選拔隊要繼續執行任務。」

莉蘿副隊長宣讀命令，有人士氣大振，有人垂頭喪氣，有人苦笑，形形色色。

「副隊長，拜託讓我回聖留市去吧。我不怕人家背地裡笑我懦夫，只想跟老婆小孩在一起啊。」

「莉蘿副隊長，我也要回聖留市去。看我這手臂，已經不能好好使劍了。」

先有個大塊頭士兵來哀求，又有個男隨從（被魔族戰術魔法弄斷一隻手）說要脫隊，接著又有幾個人來要求莉蘿副隊長解除任務。

莉蘿副隊長苦笑著伸出雙手制止大家。

「別急，這命令還有後續——」

凡是肢體殘障，以及不再有心前往迷宮都市之人，可返回聖留市。

想不到連羅德利爾也要回聖留市。

看來他無法接受魔法分隊的護衛兵全軍覆沒，只剩他一個人。

◆

「騎士韓斯，大家就交給你了。」

「是。等我回到聖留市，連希嘉八劍都要來挖角我了。」

「哈哈哈，好氣魄。」

是我多心嗎？莉蘿鼓勵新隊長騎士韓斯的時候，笑得有點乾。

最後前往迷宮都市賽利維拉的人，只剩騎士韓斯、騎士的隨從、我跟諾莉娜的小隊、文官隊、混編部隊的生還者加亞娜，還有一個士兵，總共才十八人。

我們目送老隊友返回聖留市，然後急著準備離開列瑟烏領。

「潔娜，妳都不會捨不得？」

「捨不得什麼？」

「繼位大少爺不是熱情挖角妳嗎？」

諾莉娜準備好之後對我說起風涼話。

我搖搖頭反問她。

「下任伯爵大人不是也有招募諾莉娜嗎？」

「哎喲，人家只是找我當普通魔法兵啦。」

我歪頭，聽不懂諾莉娜的意思。

我覺得人家招募我，也只是想要個魔法兵啊？

「不行啦，繼位大少爺的心意根本打不動潔娜仔啦。」

「也是啦～人家只派手下來招募我，可是找潔娜就親自出馬了說。」

「就是啊～」

傷腦筋，莉莉歐跟加亞娜也跟著胡說八道。

正常來說，上級貴族兼領主之子，才不理會我這種下級貴族女孩呢。

要不是騎士韓斯下令出發，連魯鄔跟伊歐娜都要來鬼扯這段情話，那可真的沒完沒了。

此時天上降下雪花，似乎催著我們離開列瑟烏伯爵領。

從列瑟烏伯爵領到傑茲伯爵領的路程，走得是千辛萬苦。

因為中級魔族手下倖存的魔物，到處築巢棲息。

市鎮的安全應該由當地領主負責，但卻沒有見到士兵巡邏，許多魔物就這麼逍遙法外。

新隊長騎士韓斯，看到村民們為魔物所苦，就扛下掃蕩魔物的工作，所以我們很難往前推進。

不過我也希望能幫助困苦的民眾，所以不想責怪騎士韓斯。

「又是魔物喔——？」

「聽說這次是大牙蟻在村莊附近築巢。」

我對感慨的莉莉歐傳達騎士韓斯提供的資訊。

「我還以為進入傑茲伯爵領之後會比較輕鬆，真是想太美了。」

魯鄔也相當感嘆，因為不只是列瑟烏伯爵的軍隊幾乎崩潰，傑茲伯爵也沒什麼餘力巡邏領地。

如果路上聽到的傳聞可信，那麼傑茲伯爵就是召集了軍隊去保衛城市，避免遭到魔族偷襲。

走過南北狹長的傑茲伯爵領地，爬上一座小山頭，總算看到最南端的城鎮。只要經過那個城鎮，再幾天就能進入國王直轄領地。

離迷宮都市不遠了——請佐藤先生等等我！

「哎，潔娜是不是怪怪的？」

「啊～那個是想到年輕人就打起精神的表情啦，我們假裝沒看見，親切地顧著她就好。」

「就是說啊魯郇，愛的力量真是太偉大了。」

吼喲！大家都愛胡說八道！

尤其是伊歐娜！妳嘴角上揚了！

「啊哈哈哈——嗯？」

笑嘻嘻的莉莉歐，眼神突然嚴肅起來。

「正上方雲層裡有敵方身影！」

「魔物嗎？」

「可能是飛龍！」

莉莉歐發出警告，大家立刻採取必要行動。

離開聖留伯爵領之後就沒碰過飛龍，但是我們早已習慣遭遇強敵，所有人都能掌握自己的職責。

「全員準備對空戰！」

騎士韓斯勇敢地發令。

——咦？

大家都看著騎士韓斯發楞。

他的隨從連忙貼近耳邊建言。

「改變命令！撤退到山頭對面的樹林躲避！要是飛龍靠近，潔娜和諾莉娜就用魔法把龍打下來，爭取時間！」

大家這才鬆了口氣，聽命行動。

「希望我們的臨時新隊長可以好好掌握手下部隊的戰力啊。只有十個實戰人員，怎麼打得贏飛龍呢？」

「莉莉歐，不要講人家是臨時的，人家突然扛下這麼重的責任，也是很拚命啊。」

「因為伊歐娜喜歡廢柴啊。尤其是喜歡講喪氣話的——啊，沒事，拜託！不要抽出妳的大劍啊！喂！」

伊歐娜笑著準備抽出大劍。

嘻笑打鬧是可以，不過現在這個場合不太恰當。

「莉莉歐！妳看那隻飛龍的尾巴跟右翼！」

諾莉娜小隊的斥候發現飛龍不對勁，詢問莉莉歐。

對方高度很高，在我看來只是個小黑點。

「嗯～？我看看～啊！大家停止撤退！那是王國的飛龍騎士啦！」

「騎在上面的人——穿著白鎧甲！搞不好是希嘉八劍的托列爾卿？記得他是騎飛龍的沒錯吧？」

身穿白甲的老騎士在空中盤旋揮手，然後直接飛往領都方向。

希嘉八劍——是希嘉王國最強的一批戰士。

肯定正在執行什麼重要的任務。

我們邊走邊討論是什麼重要任務，然後來到領地邊境城鎮佛鎮。

卻在這裡聽到出乎意料的消息。

「——有龍？」

「是啊，結果前往王都的商隊全都停擺了。」

沒想到有下級龍占據了領地邊境的山脈。

就算下級也是正牌的龍，人類根本無計可施。

我們也只能被困在佛鎮。

◆

我們已經被困在佛鎮一個月了。

如果要繞過龍所占據的隘口，除非長了翅膀飛天，否則只能翻越險峻的富士山脈，走穆諾男爵領，或者是折返列瑟烏伯爵領，改走大路經過艾爾艾特伯爵領。

走穆諾男爵領得花上好幾個月，不考慮；而艾爾艾特伯爵領也是要繞很大一圈，少說要花一個多月。

「潔娜，妳那邊怎麼樣？」

「很遺憾，每個商家的價格都比昨天更高，早知道第一天進鎮就該多花錢採買了。」

無論要改走艾爾艾特伯爵領，或者等王國軍擊退龍，都需要糧食才能繼續旅行，但是糧食價格飛漲，我們很難張羅到足夠的份量。

雖然也有到周邊農村採買，但早被腦筋動得快的商人搶先囤購了。

「潔娜仔～」

人群那頭有個小個子對我招手。看不到長相，但是只有一個人會這樣喊我。

「莉莉歐！」

我回話，看到人群那頭的小手跳了一下，魯鄔就跟在莉莉歐後面。

莉莉歐跟魯鄔去調查有沒有路可繞，過了快一個月才回來。

「潔娜仔，我回來啦。」

「莉莉歐妳回來啦。」

久別重逢，我們開心地抱在一起慶祝彼此平安無事。

在大馬路中間慶祝有點擋路，但是旁人都親切地笑著原諒我們。

「莉莉歐回來啦。有別的路可以繞嗎？」

我走到路肩避免擋路，然後詢問莉莉歐。

「不好說，馬車不能走，就算要扛行李步行，文官跟侍女們也沒辦法走。」

「連士兵也走不動吧？像我要是穿平時的甲冑還要扛行李，走到一半就投降了。」

要是連主打體力的魯鄔都不行，對文官來說確實太殘忍。

「然後我有看到隘口的龍喔。」

「果然是下級龍？」

我問，莉莉歐跟魯鄔對看一眼。

「這個呢——是頭上長了五彩繽紛大圍巾的怪蜥蜴啦。」

「個頭比之前看過的許德拉要大，但是沒有翅膀喔！」

莉莉歐跟魯郞把目擊情報告訴我，但我沒聽說過這種下級龍。
「那應該不是下級龍，而是飛龍跟許德拉那種亞龍系魔物吧。」
我們點頭同意伊歐娜的看法。
「那麼只要排除這隻亞龍，就能通過隘口啦。」
「可是那隻亞龍超大的，沒那麼簡單排除吧？」
「而且嘴巴還會吐出黃色煙霧，融化岩石說～」
聽說不是真龍才鬆了口氣，結果魯郞跟莉莉歐的話又讓我垂頭喪氣。
「知道亞龍為什麼要占據隘口嗎？」
「好像是喜歡隘口那邊的橘子樹，啃了整棵樹就開始睡午覺喔！」
聽魯郞這麼說，感覺亞龍頗可愛的。
「是草食的魔物嗎？」
「牠也會把岩石融化拿來喝，應該算雜食吧？」
「考慮魔物的食態沒意義吧。」
感覺很難想像。
「先去跟隊長報告比較重要。」
我對閒聊的夥伴們提議，然後拖著沉重的腳步前往臨時住所。

——啊。

突然在人群中看見一個黑髮年輕男子，忍不住盯著不放。

但是根據佐藤先生的出發時間，他應該不會在這附近才對。

——哎呀？那個黑髮人我有印象。

莉莉歐也跟著我看過去，然後大喊一聲「啊——！找到了！」並拔腿就跑。

「莉莉歐她是怎樣？」

「哎喲，就之前在聖留市甩掉莉莉歐的那個人對吧？」

伊歐娜回答魯鄔的問題。

我不太記得那人的長相，但是記得莉莉歐的前男友名叫約翰，只有一隻手臂，曾經在聖留市教過我怎麼做可樂餅跟麥芽糖。

但是我們對他還有另外更深刻的印象。

「咦，那不就是——」

魯鄔回頭，我點頭。

「對，就是在列瑟烏伯爵領，從大批魔物手下救出我們的人。」

約翰曾經跟七名魔法劍士高舉閃亮長劍，將魔物一刀兩斷。

後來他去追趕一個打倒魔族的女魔法使，就再也沒聽說他的下落，直到今天才見到人。

「你從聖留市出發都快一年了，怎麼還在這裡？不是說要去迷宮都市幹一票大的嗎？」

莉莉歐真是的，沒有好好道謝就開始吵架了。

「我不是說沒有計畫嗎？後來聽說列瑟烏伯爵領郊區有遺跡，就去探索啦。」

「找到什麼？」

「算有找到，也算沒找到。」

「什麼啦——！」

莉莉歐與約翰聊個沒完。

莉莉歐去勘查應該很累了，卻還是神采奕奕地有說有笑。

「人家說哥布林難斷家務事，就別管那兩個年輕人，去找韓斯新隊長報告近路的事情吧。」

「也對，再看下去心都酸了。」

我們對莉莉歐揮揮手，就回到營房去報告。

◆

「有別的路可以繞？真的有嗎？」

莉莉歐夜深了才回來，還說找到別的路，讓大家脫口驚呼。

因為這下有機會突破現狀了。

「嗯，他說好像是有。」

莉莉歐說的「他」，應該是剛才碰到的約翰吧。

「可是莉莉歐，我們問鎮上的衛兵，大家都說只剩一條路了。」

「其實啊——那隻假龍原本住的山谷有一條路可以走喔。馬車是過不去，但是坡度不陡，可能比原本繞的路線要近喔。」

騎士韓斯聽莉莉歐這麼說，差點要率領所有人衝向山谷，但是他的隨從順利安撫下來，決定先派偵察部隊調查一番。

突然，大家都往我這邊瞧。

——我有不祥的預感。

「那，就讓潔娜小隊去調查山谷吧。」

騎士韓斯清清喉嚨，下了命令。

我們當然無權拒絕，立刻奉命準備進行調查。

隔天，我們前往下城的一間大飯店，要找莉莉歐的前男友問怎麼繞路。

「約翰！」

「——昨天的事情對吧？來這邊。」

約翰把我們帶到飯店裡面的一間包廂，告訴我們怎麼繞路。

「所以路途上比較有問題的地點，就是有妖鳥棲息的凋零谷，跟史萊姆出沒的石堆？」

「對，那裡還有很多魔物出沒的地點，不過聽莉莉歐描述妳們的戰力，只要順利搞定那兩個地方，應該可以抵達龍大王住的山谷。」

我攤開從聖留市帶來的傑茲伯爵領地圖，確認約翰的話。

地圖不是很精準，我在上面標出前進方向與地標。

「哇——約翰在搞後宮。」

「呃，蜜特。」

一名黑髮女侍送飲料進包廂，隨口捉弄起約翰。

名叫蜜特的女性喜孜孜地戳約翰的臉頰。她跟約翰一樣是黑髮，看臉型可能是同鄉。

「怎麼？你認識啊？」

莉莉歐看了這情景就不太開心。

這該不會是所謂的修羅場吧？

「喔——修羅場了啦。」

「哎喲，魯鄔妳喔！」

「對啊，這哪是男女糾紛，感覺是姊弟糾紛啦。」

伊歐娜對男女情愛特別敏感，她說是這樣準沒錯。

害我緊張兮兮，還以為真的是修羅場呢。

「這個是蜜特，愛裝年輕的老太婆。」

「好過分喔——我不是說我永遠二十歲嗎？不乖的小孩要修理喔！」

「妳這個口條就是老氣啦。」

「燈愣——」

「不要自己配音啦。」

但是我看他們兩個挺甜蜜的。

莉莉歐看來不太開心，可能跟我一樣感想。

我不知道該如何是好，望向伊歐娜求助，但是她看來樂在其中，靠不住了。

魯鄔則是一開始就想當電燈泡……

「你們怎麼認識的？」

「在遺跡撿到的。」

「遺跡？她是探索家？」

「很～久以前是有當過探索家啦。」

看這女人並非等閒之輩，應該不是什麼粗俗的探索家。

「難道是新的女朋友？」

「哪有可能，我對老太婆沒興趣。」

「好過分喔——我才沒有飢渴到對這種囂張小屁孩動心好嗎。」

「是、是喔，好吧，相信你。」

——太好了。

兩人一口咬定對彼此沒興趣，莉莉歐的態度才軟化下來。

我放心地打開房間門，又發現一名金髮的漂亮女孩往房裡偷看。

「約翰的前女友在此，我這麼報告道。」

「啊，是八妹子。」

蜜特小姐看到女孩就喊聲。

「嗯，八號，回去工作別摸魚啦！」

「約翰跟蜜特也一樣在摸魚，我這麼報告道。」

講話怪怪的女孩——我想起來了！

在列瑟烏伯爵領，約翰打倒魔族手下的魔物大軍拯救我們的時候，身邊就帶著這女孩。

我沒看過她的長相，但是對她們漂亮的金髮跟奇怪的口條有印象。

那麼——

「怎麼了？」

蜜特小姐注意到我的視線，開心地往我這邊看。

——蜜特小姐的真面目，就是獨自打倒中級魔族的黑髮魔法使了吧？

但是她跟莉莉歐或約翰講起話來那麼隨便，很難想像她就是那個輕鬆使出超強魔法，讓人誤以為聖王的大人物。

接著又來了個把麻花辮紮得像馬尾的金髮女子。

長得跟剛才那個八妹一模一樣。

「蜜特！八號！快點回去工作！店長氣炸了！」

「不要砍時薪，我這麼懇求道。」

「哇——慘啦——」

金髮女子像抓貓一樣揪住女孩的後頸，把女孩跟蜜特帶回外場。

「受不了，那我們繼續講路線吧。」

「啊，好，麻煩了。」

我想問蜜特小姐的事情，但是又不能放棄這一趟的主題。

我們把約翰提供的情報寫進地圖。

「如果約翰能帶路就太好了——」

「我單槍匹馬是可以潛入任何地方，但是帶著其他人就發揮不了本事啦。我的戰鬥力遠遠不及妳們，只會當拖油瓶，所以就不跟去了。」

「咦？你不是強得嚇人嗎？」

「啊——那是多虧只有當時才能用的強化魔法啦。我本身超弱，碰到一隻妖鳥都要抱頭鼠竄呢。」

莉莉歐問他是什麼強化魔法，他說他不想多談蜜特小姐的事情。

聽說約翰一行人暫時在這家飯店工作，要賺點盤纏，所以我們也就告辭，日後等蜜特小姐他們有空了再來打擾。

◆

「好厲害的地方啊。」

我們走在山谷裡，地面不斷冒出怪異蒸氣。

凋零谷名符其實，滿地枯木，氣氛相當詭譎。

再加上蒸氣造成煙霧瀰漫，視線不良，遠方都看不清楚，一個不小心可能就會被魔物偷襲。

而且這裡的蒸氣吸幾口還可以，吸多了應該有害健康。

伊歐娜提高警覺，四處觀望。

「差不多該碰到妖鳥了。」

「嗯，我去偵察一下如何？」

我考慮是不是要讓莉莉歐單獨前進。

可惜我似乎想得太遲了。

一道陰影從頭上掠過。

看不見是什麼，但根據約翰的情報，很可能是妖鳥。

「對空防禦陣形！莉莉歐偵察敵情，伊歐娜請接著指揮。」

我開始詠唱聲音防禦咒文。

妖鳥最可怕的地方，就是魅惑跟催眠歌。

「指揮權交給我。」

伊歐娜拔出大劍。

「剛才的陰影很可能是妖鳥，莉莉歐，十字弓的短箭還有幾支？」

「不好意思，一路上碰到太多魔物，大概只剩七支。」

「敵方可能只有一隻，這樣應該夠了。」

我點頭同意伊歐娜的估計，按照莉莉歐的本事，七支箭確實綽綽有餘。

但是剛才的陰影如果是妖鳥，飛行的動作也太怪了。

好像被什麼追著跑一樣。

這我有點在意。

「……■■■■　防音膜。」

這就萬無一失了吧？

我趁機開始冥想，努力恢復魔力。

如果我猜得沒錯，最好快點把魔力補到全滿。

現在被防音膜包著聽不見，只看到妖鳥張嘴尖叫，從樹林頂端撲過來。

「哈哈——！這麼大的靶子，閉著眼睛都射得中！」

莉莉歐用十字弓射中妖鳥的翅膀根，飛不動的妖鳥掉落地面。

「魯鄔保護潔娜！」

「好！交給我！」

伊歐娜舉起大劍，對準落地的妖鳥腦袋狠狠一劈。

莉莉歐也抽出短劍，但是看來沒用處了。

正當我們鬆口氣的時候，煙霧之中的枯樹開始搖晃起來。

「——有東西來了。」

莉莉歐立刻警告。

我們眼前看到龐然大物逐漸現身，沿路推倒枯樹追趕妖鳥。

頭上長角，身體如蜥蜴般細長，長著飛龍一般的翅膀。

那是我們聖留市居民最驚恐的東西。

最強的生物——龍。

龍，這是人類永遠贏不了的對手。

動員王都聖騎士團，才能勉強把龍趕走。

從體型大小來看算是下級龍，但這分類毫無意義。

交戰必敗——不對，根本沒得戰，只有被踩躪的分。

龍就從霧中悠哉現身，睥睨我們一行人。

這一盯，我們就嚇得連氣都喘不過來，根本無法採取行動。

當下只有短短幾秒鐘，但我感覺比這輩子更漫長。

龍似乎對我們沒興趣，無精打采地看著妖鳥的屍體，再次回頭走進霧中。

我大喘一口氣差點軟腿，但又怕一點小聲音會吸引龍的注意，所以咬牙苦撐。

龍正要轉身離開，這時候——

又來了個程咬金。

『喝剎！本人正是威震希嘉王國，希嘉八劍第四席的「疾風」托列爾！要來與你狂龍一決勝負！』

他坐著飛龍在天上盤旋，開始對龍報名叫囂。

騎乘飛龍的托列爾卿，手裡拿著比長矛更長的魔法武器。

但就算希嘉八劍是希嘉王國最強的劍客集團，對手還是太強。

這就好像聖留市迷宮裡面出現上級魔族，還單槍匹馬去挑戰一樣。要不是當時有戴著銀面具的勇者大人現身，我們肯定一個都無法生還。

——GROU。

龍瞬間蓄勁，沒有助跑就飛上天空。

當龍飛天的時候，我霎時瞥見牠的眼神像個壞心眼的小孩，一定是多心了。

「喂，莉莉歐！趁現在快逃，分隊長妳們也快逃！」

後面有人拉了我的上臂。

我嚇得回頭，原來是身穿皮甲的約翰。

約翰後面還有名叫蜜特的女子，穿得輕鬆自在，好像「我去買個小東西」一樣。

蜜特小姐看到我就微微揮手。

除了腳穿旅行用的長靴之外，一身輕裝真虧她能走到這裡來。

「喂，分隊長啊？」

「對喔，全員轉向！躲進岩石後方！」

聽見約翰狐疑的口氣，我才回過神指揮大家。

龍在天上耍弄托列爾卿，就好像貓捉弄老鼠一樣。

約翰趁隙帶著我們，躲進凋零谷岩壁上的一道裂縫裡。

「受不了，上次來的時候可沒有龍。」

「哎呀？鎮上不是一直都傳說這裡有龍？」

「那是說隘口上喜歡吃橘子的亞龍啦。」

「那你就要考慮到有東西把山谷裡的亞龍趕去隘口啊。」

約翰跟蜜特小姐輕鬆地鬥嘴，但我的心情還沒有平復到可以插嘴。

莉莉歐又不開心地看著兩人鬥嘴，也沒打算參戰。

「哎呀！」

觀察戰局的魯鄔，指著天上大喊。

只見龍似乎是玩膩了，一擊把飛龍打到地面上。

落地的飛龍往這裡滾過來，撞倒許多枯樹。

「哎喲喂，不要到這邊來啊。」

「哎呀，好可憐喔，那隻飛龍不能再飛了吧？」

蜜特小姐說得沒錯，飛龍一邊的翅膀攔腰折斷，相當慘烈。

要是沒有高階的治療魔法，應該再也不能飛了。

「喔喔，那個阿伯還活著呢。」

約翰看著飛龍說。

飛龍吸收了落地的衝擊力，托列爾卿從龍背上摔下來，流著血卻踏穩腳步，舉起長槍。

『龍啊！我要將生命賭在這一槍上！戰士們，傳頌我的功績吧！』

托列爾卿的長槍發出紅光，前端顯現光芒刀刃。

難道那是——

「是魔刃。」

「那就是……」

聽了蜜特小姐的解釋，約翰屏氣凝神。

魔刃，不就是聖留伯爵領之中只有三人會用的祕招嗎？

『接招！魔刃穿孔擊！』

托列爾卿像砲彈一樣飛奔出去，舉起長槍對龍突刺。

起步的地面被踏碎，往後方揚起沙塵。

長槍拖著紅光與白霧的軌跡，猛力刺向龍的身體。

我看這肯定可以刺穿龍鱗。

槍尖撞擊龍的表皮，擦出劇烈火花。

——不會吧。

槍尖連鱗片都碰不到。

龍的鱗片前方突然出現一層防禦光膜，像鎖子甲一樣擋住這槍。

『再來再來！』

托列爾奮力一吼，覆蓋長槍表面的魔刃紅光，逐漸扭轉集中到前端，稍稍刺裂了龍的防禦膜。

「阿伯好強啊！」

「老爺爺好棒喔。」

約翰隔壁的蜜特小姐輕輕拍手。

這個人怎麼會這樣悠哉呢？

就算她是當時的魔法使，下級龍明顯也比中級魔族更強啊。

而且現在可沒有魔法戰士可以保護她喔。

——GROUU？

龍微微歪頭，輕輕拍掉頂在自身鱗片上的長槍，就像拍掉一隻蒼蠅那樣。

托列爾卿手上的長槍突然被拍飛，讓他霎時愣住，接著就被龍給伸手撞飛。托列爾卿就像剛才的飛龍一樣滿地滾，似乎失去了意識。

他應該是將近五十級的超強騎士，沒想到就像嬰兒般束手無策……

龍走近托列爾卿，用手戳戳他觀察反應。

「潔娜娜會用治療魔法嗎？」

「啊，是，簡單的還可以。」

我有點在意蜜特小姐奇怪的稱呼方式，不過現在不是問清楚的時候。

「會用上級的『治癒凱風』嗎？」

「不好意思，頂多只有中級低階的……」

「是喔，那就沒辦法治療複雜骨折了。」

蜜特小姐聽了我的話並沒有失望，思考片刻之後，開朗地笑笑邁開腳步，還說了出乎意料的話。

「那就沒辦法啦，大家在這裡躲好喔。」

「喂，蜜特阿婆，老人家不要逞——」

「是不是這張壞嘴巴在講話啊～？」

「——年輕漂亮的大姊姊，我失言了。」

蜜特小姐輕鬆地走出藏身處，約翰打算跟上，但莉莉歐連忙把約翰的手臂拽在懷裡阻止他。

我也有小聲阻止蜜特小姐，但她只是笑著對我說：「不要緊，妳看著吧。」

「那邊的龍弟弟——比賽結束嘍～老爺爺已經打不動了，你能不能回富士山山脈去呀？」

——ZUGOOOUN。

「啊，不行就對了？」

她身旁出現一個黑洞，好像是「寶物庫」技能，然後從中拿出一支法杖。

我看過那支法杖。

沒錯，她果然就是那個消滅中級魔族的魔法使。

「沒辦法，那我陪你打第二回合吧。」

她身邊出現許多透明的刀刃與板塊，應該是用術理魔法做的。

板塊成為守護她的盾牌，刀刃成為抗敵的長矛，就像生物一樣跟著她行動。

這就好像聖王傳說的攻防一體上級魔法——魔法？是說她什麼時候詠唱咒語的？

「退開一點喔！」

蜜特小姐施放術理魔法系的透明砲彈雨，擊中龍的表皮。

龍剛才對上托列爾卿只是站樁，但吃了這一招似乎很痛，連忙逃往空中。

——龍逃跑了？

不可思議的狀況，讓我難掩錯愕。

「那，我去去就回來嘍。」

她似乎踩著看不見的地板，跳上空中挑戰龍，我還是第一次看到身手比佐藤先生更輕巧的人。

蜜特小姐與龍對打的經過，發生在凋零谷的濃霧之中，所以我不太清楚。

但是偶爾會聽見龍的哀號，還有蜜特小姐愉快的笑聲，戰況肯定是一面倒。

如果我把這件事情說給別人聽，人家一定會說我在吹牛。

當我們替托列爾卿完成急救處理的時候，戰場似乎已經移到凋零谷之外，這附近安靜了下來。

「哎，那個人究竟是誰啊？」

「就說我不知道啊。她就睡在遺跡地底一扇祕門裡面啦。」

「她是住在遺跡裡面嗎？」

「應該沒那麼扯吧。」

「重要的是請大家安靜點，好嗎？」

伊歐娜說了，大家閉上嘴豎起耳朵，聽見濃霧那頭傳來振翅的聲音。

果然最後還是龍贏了？

「喂——收工嘍——」

只見蜜特小姐騎在龍背上揮手，另一隻手拉著魔法製造的鍊條，微微發光。

鍊條就像馬轡一樣，拴在龍的嘴裡。

「我把這孩子送回富士山山脈的小天那邊，先跟大家道別嘍。約翰弟弟，這短短時間很開心喔！要是你想我了，來王都下城找我，應該找得到啦——」

「誰會想妳啊！是說妳應該帶我走吧！」

「不好意思啦——天龍聖地不能帶其他人進去。我的薪水呢，你就跟八妹子她們一起揮霍掉吧。那就再會啦！」

蜜特小姐說完用力揮手，騎著龍飛向天的盡頭。

正如建國傳說的聖王一般。

◆

我們中止探索，跟約翰一起把托列爾卿送回佛鎮。

當下只能用斗篷跟枯枝做擔架，五個人也是扛得很吃力。

「聖留伯爵領的小夥子們，對不住啊。」

「您醒過來啦？」

回到鎮上的時候，托列爾卿就醒了。

傷勢讓他發燒，可能燒得有點迷糊，他就把挑戰龍的理由告訴我們。

原來他年事已高，準備退下希嘉八劍的位子，決定找個可以讓他光榮退役的好對手。這時聽說龍的消息，認為正好當成退休前最後一戰。

其實占據隘口的是原本躲在地底的亞龍，他向傑茲伯爵報告之後，又向王都申請援軍，然後在上空監控亞龍的動向。

沒想到監視途中發現悠哉亂飛的龍，才會上前挑戰。

「老爺爺，你真的以為會贏嗎？」

「我可沒那麼看得起自己。」

約翰大嘴巴亂問，但托列爾卿回答並不覺得尷尬。

「——可惜沒死成啊。」

托列爾卿嘀咕一聲，無奈地望向天際。

想必是為犧牲的飛龍祈福吧。

後來我們就沒有說什麼，將他交給佛鎮的守衛。

繞路探索中斷了之後，就再也沒有後續。

因為又過幾天，亞龍就被討伐了。

「街道開通了？」

「對，聽說亞龍被王國騎士團和希嘉八劍的海姆閣下打倒了。」

於是龍之亂就此結束。之前幫助過的村子，正好認識某位商人替我們張羅糧食，我們總算又能夠踏上前往迷宮都市的旅途。

至於莉莉歐跟約翰之間發生過什麼事，我就不問了。

只是陪莉莉歐喝了一場悶酒而已。

然後──

「好大的石像啊。」

「魯鄔，那個就是魔巨人了。」

我們看到眼前的城門，左右各有一尊巨大魔巨人，像門神一樣瞪著我們。

這裡，就是迷宮都市賽利維拉。

我看著迷宮都市，內心千頭萬緒。

我們總算抵達了。

佐藤先生，我馬上就去見你了！

後記

大家好，我是愛七ひろ。

感謝讀者朋友翻閱這本《爆肝工程師的異世界狂想曲》第十三集。

目前正在播映動畫版，讀者朋友是否看得滿意？

這次的後記頁數依然不多，我就簡短介紹內文重點了。

夥伴們上一集重新修行完成，終於要推進眼前的目標「樓層之主」，而一行人在此又要碰到意想不到的對手。

佐藤面對前所未見的強敵，只好搬出封印已久的最強魔法……

除了戰鬥之外，當然也包含許多享受溫泉、酒菜的悠閒情境，敬請期待！

那就照例致謝吧！感謝責任編輯Ａ與Ｉ，以及ｓｈｒｉ，其他協助本書出版、銷售、跨媒體製作相關的所有人士！

再次感謝各位讀者願意看完本書！

那麼，我們在下集重逢篇再見吧！

後記

愛七ひろ

國家圖書館出版品預行編目(CIP)資料

爆肝工程師的異世界狂想曲 / 愛七ひろ作；李漢庭
譯. -- 初版. -- 臺北市：臺灣角川, 2019.07-
冊； 公分
譯自：デスマーチからはじまる異世界狂想曲
ISBN 978-957-743-078-6(第13冊：平裝)

861.57 108007848

Kadokawa
Fantastic
Novels

爆肝工程師的異世界狂想曲 13
（原著名：デスマーチからはじまる異世界狂想曲 13）

2019年7月29日 初版第1刷發行

作　　者：愛七ひろ
插　　畫：shri
譯　　者：李漢庭

發 行 人：岩崎剛人
總 經 理：楊淑媄
資深總監：許嘉鴻
總 編 輯：蔡佩芬
編　　輯：吳欣怡
美術設計：李思穎
印　　務：李明修（主任）、黎宇凡、張凱棋

發 行 所：台灣角川股份有限公司
地　　址：105台北市光復北路11巷44號5樓
電　　話：（02）2747-2433
傳　　真：（02）2747-2558
網　　址：http://www.kadokawa.com.tw
劃撥帳戶：台灣角川股份有限公司
劃撥帳號：19487412
法律顧問：有澤法律事務所
製　　版：巨茂科技印刷有限公司
ISBN：978-957-743-078-6

※版權所有，未經許可，不許轉載。
※本書如有破損、裝訂錯誤，請持購買憑證回原購買處或連同憑證寄回出版社更換。

DEATH MARCHING TO THE PARALLEL WORLD RHAPSODY Vol.13
©Hiro Ainana, shri 2018
First published in Japan in 2018 by KADOKAWA CORPORATION, Tokyo.
Complex Chinese translation rights arranged with KADOKAWA CORPORATION, Tokyo.